貴公子探偵はチョイ足しグルメをご所望です

幻のスープの秘密

相沢泉見

ポプラ文庫ピュアフル

CONTENTS

チョイ足し一品目　カリポリやみつきブロッコリー　6
チョイ足し二品目　ディップで飽きないタコさんウインナー　86
チョイ足し三品目　お好み焼き風ポテトサラダ　148
チョイ足し四品目　ピリ辛バニラアイス再び　216
エピローグ　とろーりあったか　幻のスープ　284

貴公子探偵はチョイ足しグルメをご所望です

幻のスープの秘密

KIKOSHI TANTEI WA CHOITASHI GOURMET WO GOSHOMO DESU

相沢泉見

IZUMI AIZAWA

ポプラ文庫ピュアフル

チョイ足し一品目　カリポリやみつきブロッコリー

1

枝の先で、梅の花が一輪だけ開いていた。まだ蕾《つぼみ》の仲間たちに交じって、どこか気恥ずかしそうに見える。

三田村一花《みたむらいちか》はそれにそっと手を伸ばした。

つい先日、二月に入ったばかりだ。空気はまだきりりと冷たいが、季節は進んでいるのだな、と感じる。

梅の木が生えているのは、広大な庭の片隅。現在二十三歳の一花は、八か月ほど前からここ——渋谷区松濤《しょうとう》の屋敷で、家政婦として働いている。都会の真ん中とは思えないほど広い庭の一角にはワンルームの離れが建っており、そこに住み込んでいる形だ。

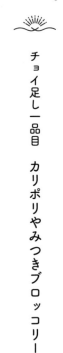

「一花、もう出かけるの？」

横合いから名を呼ばれ、一花は振り向いた。目に飛び込んできたのは、まるで西洋の絵画から抜け出してきたような美少年である。

すらりとした体軀に白い肌。さらに金色の髪と透き通った青い瞳を持つ貴公子の名は、東雲《しののめ》リヒト。

端麗な容姿と天才的な頭脳を併せ持つ彼は、日本人の父親とドイツ人の母親との間に生まれた。十七歳にしてすでに大学を飛び級で卒業しており、この豪邸の主《あるじ》でもある。

都内屈指の高級住宅街に住んでいるだけのことはあり、かなりのセレブで、一花を雇用しているのもリヒトだ。初めは仮採用だったが、少し前に正式採用になっている。

立っているだけでどこか神々しいリヒトに、一花はしばし見惚れていた。すると、花弁のような唇がゆっくりと動く。

「もう出かけるの？」

再び同じことを聞かれ、慌てて頷いた。

「あ、は、はい！　夕食にポトフを作ってありますから、林蔵《りんぞう》さんと一緒に食べてくださいね」

「うん……」

林蔵とは、この家の執事・服部《はっとり》林蔵のことだ。一花と同じように、住み込みで働いている。すでに七十歳を超えているが、長身痩軀に燕尾服《えんびふく》を纏《まと》い、庭仕事から車の運転まで何でもこなす有能な人物である。

普段、リヒトに夕食を出すのはもちろん家政婦の役目だ。だが一花は今日、午後三時で仕事を切り上げ、あとのことを林蔵に託している。

『久々にクラス会やるんだって。だいたいみんな参加するみたいだよ！　一花ももちろん来るよね？』

二週間ほど前、高校時代の同級生・宮倉渚紗《みやくらなぎさ》からこんなメールが届いた。

詳しく話を聞いてみれば、開始時刻は午後五時とのこと。宴もたけなわとなるのはちょうど夕飯時で、家政婦として最も忙しい時間帯にあたる。一花はひとまず、リヒトと林蔵に相談してみた。

雇用主も執事も、行ってきたらいいと快く背中を押してくれた。許可が無事に得られたので、これからクラス会の会場である新宿の居酒屋に向かおうとしていたところだ。

「今日、何時ごろ帰ってくる？」

リヒトに唐突に聞かれて、一花は「は？」と首を傾げながらも答えた。

「終わるのは夜の八時ごろだって聞いてます。でも、流れによっては二次会があるかもしれません。……って、それを聞いてどうするんです？　もしかして、何か今日のうちにした方がいい仕事があるんですか。なら、早く帰ってきますけど」

「いや、用があるわけじゃないよ。ただ、クラス会ってそんなに楽しいのかな……と思ってさ。もう卒業した学校の人たちと会って、何か意味があるの？」

「卒業したとはいえ、高校時代を一緒に過ごしたメンバーですからね。しばらく会ってないからこそ、今日は楽しみです」

「ふーん。僕にはよく分からないな。もう関係がなくなった人と会ったところで、有益な時間が過ごせるとは思えない」

「だらだら昔話をするのがいいんじゃないですか。中には『初恋の人と会えて嬉しい』って人もいるでしょうし」

　初恋の人、と言ったところで、リヒトがピクリと眉を吊り上げた。

「そういう話なら、一花にはますます関係ないじゃないか。何せ——恋愛経験がないんだから」

　飛び出した台詞《せりふ》に、一花は思わず口を尖らせた。

「うわ、リヒトさんたら失礼な！　私だって経験の一つや二つあります…………はっっっっっくしょん！」

　次の瞬間、大きなくしゃみが炸裂した。

　実は一花は『特殊体質』の持ち主だ。嘘を吐くと、くしゃみが出てしまう。

　どういう仕組みなのかまるで分からないが、体内に謎の『嘘センサー』があるらしい。

　厄介なことに、お世辞を言ったり見栄を張ったりしただけでもこのセンサーに引っかかる。例えば、恋愛経験などないのに『ある』と言ってしまった場合、くしゃみの餌食《えじき》だ。今のように。

　リヒトもこの体質を知っているので、見栄を張った挙句くしゃみ地獄に陥っている一花を見て、いつも呆れ返る。

「クラス会では、そうやってくしゃみしないように気を付けなよ」

　それだけ言うと、貴公子はくるりと踵《きびす》を返して豪邸の中に入っていった。一花はムズムズする鼻の下を擦《こす》りつつ、その華奢《きやしや》な背中を見送る。

長い髪を一つにくくり、セーターとデニムの上からコートを羽織ってマフラーまでしている一花に対し、リヒトは三つ揃いのスーツにループタイを合わせたいつもの姿だ。

この寒さの中、上着もなしとは。一体、何をしに庭に出てきたのだろう。

（もしかして、私が帰ってくる時間を聞きにきただけ？）

疑問は尽きないが、そろそろ駅に向かった方がいい時刻だ。一花はふうっと息を吐くと、もう一度梅の木を見てから歩き出した。


グラスを高く持ち上げると、照明が透けて中の液体が金色に輝く。

（あ、綺麗。リヒトさんの髪みたい）

ぼんやりとそんなことを考えてから、一花は中身を口にした。

周りでは男女が談笑している。みんな元同級生だ。クラス会は予定通りの時刻に始まった。高校を卒業してから五年。すっかり立ち振る舞いが変わった者もいれば、そうでない者もいる。化粧っ気のない一花は、おそらく後者寄りだろう。

畳敷きの広い部屋で宴会が始まると、近況報告や思い出話で場が盛り上がった。一花ももちろん談笑の輪に加わっているが、ふとした拍子に浮かんでくるのは、麗しい貴公子の姿だ。

最近、天使のような顔に苦悩の色が浮かんでいることがある。おそらく、少し前に起きた『あること』が原因だろう。

一花が松濤の家に来たばかりのころ、リヒトは味気ない栄養食しか口にしていなかった。今ではだいぶまともな食事をとるようになったが、気持ちが沈むと食欲も連動してしまうようだ。

目下のところ食事の量に影響はないものの、心配だった。家政婦としては、もっといろいろなものを楽しんで食べてもらいたいと思う。

（せっかく正式採用になったんだし、料理、もっと頑張ろう！）

そう決意して、一花はグラスの中身を飲み干した。

下戸なので、初めの一杯以外はジンジャーエールだ。お代わりを注文しようかな、と立ち上がりかけたところで、ポンと肩を叩かれた。

「一花、飲んでる？　あ、グラス空《から》だね。何か頼もっか。あたしもちょうどお代わりするところだったんだー」

傍に寄ってきたのは、渚紗だった。

高校時代、一花が一番仲よくしていた人物だ。当時の出席番号は氏名をあいうえお順に並べたもので、『三田村一花』と『宮倉渚紗』はちょうど前後に並ぶ。そのお陰で何かと近くにいることが多く、自然と親しくなった。

高校を卒業してからも時折お茶をしたりメールのやり取りをしたりしていたが、最近は互いに忙しく、直接顔を合わせるのは久しぶりである。

耳をすっきり出したベリーショートカットが、渚紗のトレードマークだ。潔くてとても似合っている。

畳敷きの宴会場には、長机をいくつか使って作った細長い卓が二列あった。一花と渚紗は店員に飲み物を注文し、それを受け取ってから出入り口に近い席に並んで座る。

宴会が始まったとき、二人の席はたまたま離れていて、今日はまだほとんど喋っていない。これでようやく、親友と積もる話ができそうだ。

「ねぇ、一花。仕事の方はどう？　いつも思うけど、家政婦をやってるってすごいよね。あたしは料理も掃除も全然駄目だから、ホント尊敬する」

思い出話が一周して、渚紗はトークの主題を最近のことに変えた。

一花が家政婦をしていることは渚紗にも伝えている。もちろん働いている家の内情を漏らしたりはしないが、『最近、仮採用から正式採用になったよ』程度のことは言ってあった。渚紗の方も、折に触れて近況を教えてくれている。

「すごいのは渚紗だよー。役者さんとして、舞台に立ってるんだから！」

一緒に机を並べていたときから、渚紗の夢は『女優になること』だった。高校時代は演劇部に入っており、文化祭ではミュージカルの舞台に立った。

渚紗も一花も、背丈は百六十センチほどであまり差がない。体格も平均的で、ほぼ一緒だ。だが、文化祭でステージに立った渚紗は、何倍も大きく見えた。

高校を卒業したあと、渚紗は『綺羅星《きらぼし》』という劇団に籍を置き、夢に向かって邁進している。

「今度、綺羅星の定期公演会があるんだ」

「へぇー。渚紗も何か役をもらってるの？」

一花が尋ねると、渚紗は僅かに目を伏せて答えた。

「あのね、実はその公演で……あたし、主演を任されてるの」

「えぇぇっ、すごーい！　渚紗は昔から女優さん目指して頑張ってたもんね。おめでとう！　これはもう、乾杯しなきゃ！」

一花は持っていたグラスを傾けた。渚紗はそれを見て一瞬俯《うつむ》き、ワンテンポ遅れて同じポーズをする。

「ありがと、一花……」

「ねぇ渚紗。主演ってどうやって決まったの？　オーディションとか？」

「そう。劇団内でオーディションをやって、あたしが選ばれたの」

「うわー、やっぱりすごい！　もう大女優だね！」

「……そんなことないよ。それより、一花は何かおめでたい話はないの？　例えば、彼氏ができたとか」

「えぇ、ないない。それはない！」

一花は顔の前で手をひらひらと横に振った。そこへ渚紗がすーっと身を寄せてきて、耳打ちする。

「ほら、あそこにいる中村《なかむら》くん、覚えてる？　彼女募集中だって。話しかけてみたら？　一花、クラス会は彼氏を作るチャンスだよ。前進あるのみ！」

「えぇ……」

確かにチャンスなのかもしれないが、一花は気乗りしなかった。それに、中村のことは正直よく覚えていない。

やんわりと拒否のポーズを取った一花を見て、渚紗はポンと一つ手を打った。

「あー、もしかして一花って……彼氏はいないけど、好きな人はいたりする？　だからクラス会に来てる男子に興味ないとか？」

「えっ！」

一花は飲んでいたジンジャーエールを噴き出しそうになった。そのタイミングで、遠くの席から歓声が沸き起こる。

輪の中にいた一人が立ち上がり、両手でメガホンを作った。

「みなさーん、ここにいる大山《おおやま》くんが、なんと、先月ＩＴの会社を設立したそうでーす。拍手～！」

誰かが「よっ、社長」と囃《はや》し立てる。祝福の拍手の中、大山らしき人物がしきりに照れていた。

渚紗はそれをぼんやり眺めながら言う。

「社長さんだって。すごいよね。うちのクラスの出世頭じゃない？」

「渚紗だって十分出世頭だよ。何と言っても主演女優だし！」

「ううん……あたしは、すごくないから」

微かに俯く渚紗の顔が、一花にはとても悲しそうに見えた。

劇団の話になると、表情が冴えない気がする。念願の主演女優に選ばれたはずなのに、なぜだろう。

「渚紗。何かあったの？」

一花は手にしていたグラスを置いて、親友に向き直った。

渚紗はしばらく躊躇《ためら》っているような仕草を見せたが、やがておずおずと口を開いた。

「あのね、一花。実は――」

2

渋谷駅のハチ公口を出ると、僅かに雪が積もっていた。クラス会の途中で降り始めたらしく、あたりはすでにうっすらと白くなっている。

予報では、今夜の天気は曇り。そのせいか、一花を含めて傘を持っている人はほとんどいない。

あと十分もすれば午後九時になる。降り続く雪を振り払いながら、みんな足早に駅前を通り過ぎていった。

電車の中が暖かかったので、一花はまださほど寒さを感じない。身体が冷えないうちに松濤の家に帰ろうと、スクランブル交差点の方に足を向ける。

だが、すぐに立ち止まった。ハチ公像の傍に、類《たぐ》い稀なる美少年が佇んでいる。

「リヒトさん……！」

慌てて駆け寄ってきた一花を見て、リヒトは顔をパッと綻《ほころ》ばせた。

「お帰り、一花」

たくさんの人が行き交う中、自分だけに向けられた『お帰り』と、笑顔。否応なく、胸がキュンとする。

一花は反射的に「ただいま帰りました……」と口にしてから、ハッと我に返った。

「リヒトさん、どうしてここに！　寒くないんですか?!」

「平気だよ。ちょっと外を歩きたくなったんだ。ここに着いたのはついさっきだから。たまたま、通りかかっただけ」

「ついさっき？　頭に雪が積もってますけど」

「…………！」

リヒトは「しまった」という表情を浮かべて取り繕うように雪を払った。その拍子に金色の髪が揺れ、渋谷のネオンがキラキラと反射する。

だが、まだ肩や背中が雪まみれだ。リヒトの身体に降り積もった白いものが、時間の経過を如実に表している。

「本当は、何時からここにいたんですか」

一花の問いに、リヒトはしばらく口ごもったが、やがて観念したのか決まり悪そうな顔で答えた。

「八時半……いや、八時、くらいかな」

どうやら、小一時間程度はここにいたようだ。

キャメル色のコートを羽織っているものの、リヒトはマフラーや手袋をしていない。寒さのせいで、鼻の頭と耳が僅かに赤くなっている。

「あの、リヒトさん。違ったら申し訳ないんですけど……もしかして、私を迎えにきてくれたんですか？」

一花が半信半疑で尋ねると、リヒトは頭に手を当ててそっぽを向いた。

「だって――夜道を一人で歩いたら、危ないから」

その口調はどこかぶっきらぼうだった。だが想いは十分に伝わってきて、一花の胸がほわんと温かくなる。

「一花、早く帰ろう」

「はい」

二人並んで歩き始めた。スクランブル交差点の信号が青になるのを待つ間にも、雪は降り続く。

「私、二次会があるかもしれないって言いませんでしたっけ。何時に帰ってくるか分からなかったのに、ずっとハチ公のところで待ってたんですか？」

一部のメンバーで二次会が開催されたようだが、一花は参加しなかった。

だが、一次会が終わったあと、店の出入り口で何人かの元級友と少し立ち話をしていた。

リヒトが迎えにくると分かっていたら、もっと早く帰っていたのに。

「別に、たいして待ってないから」

「でも……寒かったでしょう？」

「平気だよ」

そうは言うものの、リヒトは身を竦《すく》めるようにして歩いている。

一花は巻いていたチェックのマフラーを外して、キャメル色のコートの肩にふわりとかけた。

「よかったら、それ、家に着くまで使ってください。一時しのぎですけど、結構あったかいですよ。私はさっきまで暖房の利いた電車の中にいたので、マフラーがなくても大丈夫です」

リヒトは一瞬躊躇うような仕草を見せたが、結局マフラーをくるりと巻き付けて顔を半分埋《うず》めた。

ほどなくして、信号が青に変わった。二人並んでスクランブル交差点を渡り、ＳＨＩＢＵＹＡ１０９の前を経て、道玄坂《どうげんざか》を上る。

松濤の区画に入ると、途端に人が少なくなった。リヒトは一花の方をちらりと見る。

「クラス会、何人くらい来たの」

「うーん、全部で四十名のクラスでしたけど、今日来てたのは八割程度ですかね」

「みんなと話した？」

「挨拶程度になっちゃった人が多かったです。一番よく喋ったのは渚紗……あ、私にクラス会の連絡をくれた女の子ですよ」

「そうか」

ぽつぽつと話しているうちに、黒御影石の塀が見えてきた。はるか先まで続いていることの塀の内側すべてが、リヒトが主を務める豪邸の敷地になる。

「温かいものでも飲みますか？」と尋ねたら「うん」と言われたので、一花はあてがわれている離れには戻らず母屋に足を向けた。

「お帰りなさいませ、リヒトさま。一花さんもご一緒でしたか」

玄関を開けると、燕尾服姿に丸眼鏡をかけた執事に出迎えられた。林蔵は、帰宅した主の姿を見て息を呑む。

「リヒトさま、御髪に雪が……。傘をお持ちではありませんでしたか。お寒い中、歩かせてしまって申し訳ありません。やはりこの林蔵も、お散歩に同行すべきでした」

「気にしないで。ついてこなくていいって、僕が言ったんだし」

主がどこかへ行くときは、運転手を兼ねている林蔵が車を出すことが多い。だがリヒトは今日、『ちょっと一人で散歩してくる』とでも言ったのだろう。

玄関の外でだいぶ雪を払ったが、まだ少しくっついている。一花とリヒトは、林蔵が用意してくれたタオルで髪やコートを軽く拭いてから家に上がった。

「ホットココアを作りますね。林蔵さんもよかったらぜひ！」

広いリビングの片隅にあるキッチンスペースで、湯気の立つ甘い飲み物を用意する。

一花と林蔵は使用人だが、食事やお茶の際は主であるリヒトの希望で一緒にテーブルを囲むのが習慣になっていた。今回も、キッチンの傍にあるダイニングテーブルに三人分のカップを並べる。

ミルクをたっぷり入れたココアを一口飲んで一花がほっと息をつくと、隣の席に座っていた林蔵がやや向き直った。

「一花さん。久々のクラス会はいかがでしたか。この時間の帰宅となると、一次会だけで終わったのですかな？」

「いえ、二次会はあったんですけど、私は参加しませんでした。一次会で友達の渚紗からちょっと気になることを聞いて……。なんとなく二次会に出る気分じゃなくなっちゃったんです」

「気になることって、何？」

向かい側にいたリヒトが、カップを置いて身を乗り出す。林蔵は穏やかな表情で一花を見つめた。

二人が話を聞こうとしてくれているのだと気付いて、一花は胸につかえていたものを押し出すように大きく息を吐く。

「友達の渚紗は今、劇団に所属しているんですけど……そこで『呪いの手紙』を受け取ったって言うんです」

渚紗が所属している劇団・綺羅星は、都内を拠点に全国で公演を行っている。大手とはいえないものの、ファンも多く、劇場はいつも満員御礼だ。

業界内での評判も高く、かつて主演を務めた俳優の中には、有名な事務所に引き抜かれて芸能界デビューを果たした者もいるらしい。

その劇団・綺羅星は、現在定期公演の準備に追われている。配役はオーディションで決めたが、主演に選ばれたのが渚紗だった。

「定期公演の演目は、『四谷怪談《よつやかいだん》』というお話をアレンジしたものだそうです。渚紗は主人公の『お岩《いわ》』という役を演じることになりました」

一花の説明を聞いて、林蔵が「ほぅ」と声を上げた。

「四谷怪談というと、『皿屋敷《さらやしき》』や『牡丹燈籠《ぼたんどうろう》』と並んで、日本三大怪談と呼ばれる有名なお話ですな。歌舞伎の演目にもなっております」

その四谷怪談の主役・お岩といえば、顔が半分腫《は》れたおどろおどろしいビジュアルが有名である。

作中、お岩は騙されて毒を飲んでしまい、そのせいで顔が醜《みにく》くただれる。お岩の夫・伊《い》右衛門《えもん》はそんな妻を裏切り、不貞を働く。失意の中で亡くなったお岩は、腫れ上がった顔のまま怨霊《おんりょう》となって、夫やその愛人を祟るのだ。

林蔵が言った通り、この話は歌舞伎などで演じられていて、いくつかバージョンがある。劇団・綺羅星では、有名なシーンを繋いでアレンジを加えた半オリジナルの脚本を用意したそうだ。

「それで、呪いの手紙って何なのかな」

リヒトに続きを促され、一花は椅子の背にかけておいたコートのポケットから折り畳まれた紙を取り出した。

「これが、手紙の実物です。さっき渚紗から預かってきました」

捨てるとバチが当たりそうだし、持っているのも気味が悪いと渚紗に言われたので、一花が手紙を引き取ってきたのだ。

リヒトは細長く畳んであったB5サイズの紙をゆっくりと広げた。紙面にサッと視線を走らせ「これは……」と顔を顰《しか》める。

『愚かなお前には、いずれお岩の呪いが降りかかる』

シンプルな便箋に、定規を当てて書いたような筆跡でそう記してあった。赤いペンが使ってあり、まるで血文字だ。

普段は温厚な林蔵も、険しい顔つきで言った。

「ただの紙とはいえ、気持ちのいいものではありませんな。一花さんのご友人は、さぞや心を痛めておいででしょう」

問題の手紙は、五日前、渚紗が稽古場に持ち込んだバッグの中に入れられていた。バッグ自体は稽古の邪魔にならないよう別室に置かれており、帰宅しようとしたとき、中に見慣れないものがあるのに気が付いたとのこと。

一花はなるべく感情的にならないように話した。

「その手紙を受け取ってから、渚紗の周りで気味の悪いことが続いたみたいです。突然物音がして、振り向いたけど誰もいないとか、どこからか櫛《くし》が落ちてきたりとか……」

ただの櫛ではない。四谷怪談の中でお岩が使う、キーアイテムともいえる小道具だ。

そんなことが続いて、渚紗はすっかり落ち込んでいた。だが、どんなに辛くても、主演女優が休むわけにはいかない。今日も稽古にはちゃんと顔を出し、そのあと同窓会に参加したという。

「渚紗のバッグは、口がファスナーで閉じられるようになっていたそうです。だから手紙の差出人は、わざわざ渚紗のバッグの口を開けて、手紙を入れてからファスナーを閉め直したということになりますよね」

「何かの拍子に手紙が零れ落ちないように、一手間かけてバッグを閉じたのか。つまり、確実に渚紗さんをターゲットにしてるってことだね」

リヒトは細い顎《あご》に指を添えた。一花はこくりと頷く。

渚紗が一番気にしていたのはまさにその点だ。この世に『呪い』があるかどうかはともかく、手紙の主が強い念を抱いているのは確実。

『あたし、呪いたいと思われるほど嫌われてるなんて……』

高校時代は元気が取り柄だった渚紗が、そう呟《つぶや》いて顔を伏せたのを見て、一花は胸が締めつけられた。せっかく主演に選ばれたのに、これでは努力が水の泡だ。

『渚紗は、呪いの手紙の件を劇団の人たちに伝えていないそうです。今は定期公演の前で、大事な時期だからって……」

一人で問題を抱える親友を、なんとかしたいと思った。だが、誰が出したか分からない呪いの手紙など、どうしたらいいか分からない。

一次会の最中、渚紗から話を聞いて、一花まで悲しくなった。二次会に参加する気分ではなくなってしまった。

「一花。その呪いの手紙の件、僕に任せてもらってもいいかな」

「え、リヒトさんが力を貸してくれるんですか……？」

「うん。呪いの手紙に、奇妙な出来事——これは立派な『謎』だよ。だったら、僕に解かせて」

容姿端麗かつ頭脳明晰なリヒトは、何よりも『謎解き』を好んでいる。取り扱うのは、一筋縄では解けないような手強いものばかりだ。

難解な謎を追い求めているうちに『警察に持ち込んでも取り扱ってもらえないような困り事を、なんとかしてくれる美少年がいる』という評判が広まった。

今やリヒトは『貴公子探偵』と呼ばれ、謎を抱えて困った者たちに頼られている。本人がセレブなのもあって、駆け込んでくるのは主にお金持ちの人物だ。

貴公子探偵は、今まで様々な事件を解決してきた。間近でそれを見ていた一花としては、「任せて」と言ってもらえると心強い。

だが……。

「リヒトさんを巻き込むわけにはいきません。だって、今、それどころじゃないですよね。お父さまの件がありますし」

一花はやんわりと首を横に振った。

リヒトの父親である東雲辰之助《たつのすけ》は、東雲コンツェルンという世界的な大企業の総帥《そうすい》を務めている。

リヒトはその辰之助と、ドイツ人の母親・アンナの間に生まれた。

しかしアンナが身籠《みごも》ったとき、辰之助には別に妻子がいた。既婚者であることを隠していたのだ。

ドイツに滞在していた辰之助は、身重のアンナを放置して日本に逃げ帰った。

幸いにも裕福だったので、アンナは一人でリヒトを産み、母と息子はしばらく二人で暮らした。突然の事故でアンナの命が尽きなければ、今もドイツで平和かつ優雅な日々が続いていたことだろう。

十四歳のときに母・アンナを喪《うしな》ったリヒトは、父親を訪ねて日本にやってきた。

だが、東雲の本家は突然現れた『隠し子』を受け入れなかった。特に辰之助の本妻が、リヒトのことを疎《うと》ましく思っているようだ。

辰之助が体調を崩して倒れたのは、そのさなか。今から一か月半ほど前、去年の暮れごろのことである。

急性の脳梗塞《のうこうそく》が原因だった。すぐ病院に運ばれたため一命はとりとめたものの、一時は意識不明になった。もちろん今も入院中だ。

「謎解きをするより、お父さまのお見舞いに行った方が……」

「いや、行かない」

一花の声を遮って、リヒトはきっぱりと言いきった。麗しい顔には、やや険しい表情が浮かんでいる。

「『東雲の本家に近づくな、会社のことにも口を出すな』と、向こうから言ってきたんだ。だから、僕は行かないよ」

東雲家の一員であるはずなのに、リヒトは本家の敷居を跨がせてもらえない。だから十七歳の美少年はここ——渋谷の家に住んでいる。

いくら豪邸とはいえ、一人爪弾きにされている形である。そんなこともあり、リヒトは東雲の本家に対して、いい感情を抱いていない。

もろもろの事情を一花も分かってはいた。だが、あえて言った。

「リヒトさんは、本当はお父さまのことを心配してるんですよね」

今まで黙って話を聞いていた林蔵も、口を挟んだ。

「リヒトさま。僭越ながら、この林蔵も、辰之助さまに一度お顔を見せた方がいいと存じます。拓海《たくみ》さまも、ぜひ一緒に見舞いに行こうと仰っておりました」

拓海とは、辰之助と本妻の間に生まれた息子だ。弁護士の資格を有しており、リヒトにとっては一回り歳の離れた義兄《あに》にあたる。

今はこの拓海が、倒れた父親に代わってコンツェルンの臨時総帥に就任している。

東雲の本家とリヒトの間には溝があるが、拓海だけは義弟《おとうと》のことを気にかけていた。たびたび松濤の家に顔を出す義兄を当初は冷たくあしらっていたものの、いろいろなことがあって、最近のリヒトは少し心を開いているように見える。

東雲の本家に対しても、考えが変わってきているのだろう。コンツェルンのことになると顔を顰めていたリヒトが、ここ数日は辰之助の話が出るたびに暗い表情を浮かべていた。口では否定しつつも、見舞いに行くかどうか、本当は悩んでいるに違いない。

「僕が顔を見せても何も変わらないよ。もう、病状は落ち着いているんだろう」

リヒトの視線がテーブルの上に落ちる。

先日、拓海が松濤の家に電話をかけてきて、詳細を伝えてくれた。それによると、辰之助は意識を取り戻し、すでに集中治療室を出ているとのこと。

「今は見舞いのことより、一花の友達の件が気になる。謎がそこにあると思うと、解かずにはいられないんだ」

父親のことで最近は伏せがちだった瞳に、光が宿っている。謎解きは貴公子のライフワーク。難敵を前にして、俄然やる気が出たようだ。

リヒトが元気になると、一花も嬉しくなる。

「渚紗さんにもっと詳しい話を聞いてみたいから、連絡を取ってほしい。僕に謎を解かせてよ。……駄目かな、一花」

麗しい貴公子にこんな風に小首を傾げられたら、従うしかない。

一花はドキドキする胸を押さえながら「わ、分かりました……」と頭を下げた。

3

雇用主であるリヒトが探偵と呼ばれていることや、今までいろいろな事件を解決したこと……もろもろの事情を一花が電話で伝えると、渚紗はすぐに『相談に乗ってほしい』と飛びついてきた。

そこでリヒトは、渚紗だけではなく、劇団・綺羅星のメンバーにも話を聞きたいと言い出した。

だが、今は定期公演前の大事な時期。渚紗としては、やはり呪いの手紙の件を劇団のメンバーたちに伏せておきたいらしい。

ということで、一つ策を講じることになった。

リヒトと一花が綺羅星への入団希望者を装い、稽古場の見学に赴《おもむ》くのだ。ちょっとした潜入調査である。

綺羅星の稽古場があるのは中野区。同窓会の翌日の午後二時、一花たちは渚紗とＪＲ中野駅で待ち合わせ、そこに向かっていた。

有能な執事は松濤の家で待機中だ。綺羅星は若手のメンバーが中心なので、さすがに林蔵を入団希望者と言い張るのは難しい。

駅から続く道を歩いていると、渚紗が突然一花に身体を寄せ、耳打ちしてきた。

「ねぇ一花。リヒトくんって、すごーくかっこいいよね……」

さっきから同じことを三度も言われている。中野駅で初めて対面したとき、リヒトの麗しいオーラに圧倒されたのか、渚紗の顔が真っ赤になっていた。

（まぁ、無理もないか）

何と言っても、相手はとびきりの美少年だ。リヒトをちらちら見ながら、一花は心の中で独りごちる。

昨日降った雪がうっすら残っている道を数分歩くと、稽古場のビルに到着した。鉄筋コンクリートの四階建て。どことなく、学校の校舎を彷彿とさせる。

渚紗はまず、一花たちを二階の一室に通した。室内には数客のパイプ椅子と、スチール製のキャビネットが置かれている。

「二人が見学に来ることは、昨日のうちに綺羅星の副主宰に伝えておいたの。その副主宰がもうすぐここに顔を出すから、改めて一花とリヒトくんのことを紹介させてもらうね。

あ、とりあえず二人ともあたしの友達ってことにしてあって——」

渚紗の言葉が終わる前に、ガチャリとドアが開く音がした。

「あら、何よ。この部屋も使用中なの？　稽古の前に人が少ないところでストレッチをしようと思ったのに」

巻き髪の女性が出入り口から顔を覗かせている。

歳は二十代半ば。睫毛がばさばさと濃く、目尻が切れ上がっていて、少しキツい印象を受ける。

「カレンさん、どうしたんですか」

「早くストレッチしましょー」

「あれ、誰かいる！」

続けて、女性がもう三人やってきた。一人はおかっぱヘア。もう一人はサイドテール。残る一人は三つ編み。みんな揃って背が低く、一花より若そうだ。

巻き髪の女性を含む四名は、室内にずかずか入り込んできた。

……と思ったら、一斉に目を見開いた。佇んでいる貴公子の美しさに驚いたのだろう。

「カレンさん。この二人は入団希望の見学者です」

渚紗は素早く答えてから、ぺこっとお辞儀した。すぐさま身体の向きを変えて、一花とリヒトに囁《ささや》く。

「おかっぱの人が依田陽菜《よだひな》さん。サイドテールは小野茉莉《おのまり》さん。三つ編みは曽我美樹《そがみき》さん。

……巻き髪の人は、神林《かんばやし》カレンさんだよ。カレンさんは綺羅星に所属して七年目で、ここの看板女優なの」

小声だったが、話の内容は聞こえていたらしい。巻き髪のカレンが、ただでさえ吊り上がり気味の目をますます三角にして、仁王立ちになった。

「ふぅーん、看板女優、ねぇ……。オーディションで主役に選ばれたあなたが、脇役の私をそう呼ぶなんて、皮肉かしら」

「い、いえ！　そんな！」

渚紗は慌てて首を横に振った。

「うわー、カレンさんに皮肉を言うなんて最低」

「ほんとほんと」

「サイテー！」

陽菜・茉莉・美樹の三人が、カレンの後ろに回り込んで口々に野次を飛ばす。

今しがた顔を合わせたばかりだが、一花は即座に理解した。カレンは渚紗のことを目の敵にしている。陽菜・茉莉・美樹は取り巻き。いわゆる、腰巾着だ。

渚紗はカレンに向かって、とにかくぺこぺこ頭を下げていた。悪いことをしたわけでもないのに謝罪している友人を見て、一花は不愉快になる。

「やぁ、お待たせ～」

殺伐としたムードをかき消したのは、その呑気な声だった。アーガイル柄のセーターを着た細身の男性が、へらへら笑いながら部屋に入ってくる。

「どうも。僕は副主宰の佐原兼介《さはらけんすけ》。あぁ、君たちが見学者だね。渚紗から聞いてるよ。よろしく〜。はい、これ名刺ね」

自ら名乗ると、佐原は一花の手をサッと取って小さな紙片を渡してきた。リヒトにはちらりと笑顔を向けただけで、そのままぺらぺら喋り始める。

「この名刺、悪用しないでね。ほら、僕って業界に顔が利くからさ。これをチラつかせながら『佐原さんの知り合いなの〜』なんて言って、映画プロデューサーに取り入ろうとする子がいるんだよ」

「は、はぁ」

一花は曖昧《あいまい》に頷きつつ、握られっぱなしだった手を離して名刺をポケットにしまった。

佐原の年齢は、おそらく四十歳前後だろう。自分で『業界に顔が利く』などと言ったが、しまりのない表情はひどく頼りなく見える。それに、一花にだけ妙になれなれしい。

「佐原さんも来たし、改めて二人の紹介をしておきますね」

やがて渚紗が一花たちを手の平で指し示し、見学に来た旨を伝えた。

途端に、カレンの眉間に皺が寄る。

「見学者とはいえ、定期公演前の忙しい時期にお友達をつれてくるなんて、渚紗さんたら随分と余裕ねぇ。きっと役作りは完璧なんでしょうね。さすがだわ」

これほど嫌みったらしい「さすが」を、一花は聞いたことがなかった。カレンの後ろでは、取り巻きの陽菜・茉莉・美樹が揃ってニヤニヤしている。

渚紗は「そんな……余裕なんて……」と声を震わせた。副主宰の佐原はあたりを見回して、ただおろおろしている。

すると、今まで黙っていたリヒトがおもむろに口を開いた。

「僕が渚紗さんに無理を言ってつれてきてもらったんだ。劇団の都合も考えずに押しかけて、ごめんなさい」

「…………！」

リヒトに面と向かって詫びられたカレンは、耳まで赤くなった。取り巻きの三人は身を寄せ合い、蕩けそうな顔をしている。

気が付けば佐原までもが赤面していた。人並み外れた美少年のオーラは、性別など関係なく効果絶大なのだ。

「稽古の邪魔はしないし、指示にはちゃんと従うから」

リヒトは茹でたタコのような面々を見つめて「よろしくお願いします」と姿勢を正した。一花も慌ててそれに倣う。

「わ、私も、大人しくしているので今日はぜひ見学をさせてください」

「せっかくこうやってうちの劇団に興味を持ってくれてるんだし、自由に見学してもらおうよ。カレンたちに迷惑はかけないようにするからさ。ね？」

美少年オーラに中《あ》てられて立ち尽くしていた佐原がようやく我に返り、場を仕切り始めた。カレンたちは副主宰に歯向かう気はないようで、黙って引き下がる。

「じゃあ、渚紗たちは稽古を始めてくれ。見学者の二人は、建物の中を案内しよう。僕は稽古を見ていなくちゃいけないから……えーと、誰か手が空いてる子はいないかな」

佐原はドアを開けて廊下に顔だけ出した。しばらくきょろきょろと左右を見回し、やがて誰かを呼び止める。

「何ですかぁ、佐原さん」

小柄な女性が部屋の中に引っ張り込まれた。癖のあるふわふわの髪を肩上で切り揃えていて、大きめのパーカーを羽織っている。

「この子、板葺《いたぶき》すずっていって、うちのメンバーなんだ。本当は僕が自ら稽古場の案内をしたいところだけど、すずに任せるから」

佐原はすずを一花たちの前に押し出した。

「あー、この二人が見学者さんですかぁ。渚紗のお友達なんですよね。わたしもちょっとだけ話を聞いてますぅ」

ふわふわの髪とのんびりした喋り方が相まって、すずはとてもかわいらしい。一花たちの傍らにいた渚紗が、表情をふっと緩めた。

「すず、悪いけど案内をお願いするね。あたしは稽古を始めるから」

「うん。分かった～」

渚紗や佐原、そしてカレン一派がぞろぞろと部屋をあとにする。

一花とリヒトが改めてすずに自己紹介をすると、早速稽古場の見学がスタートした。まずはドアから出て廊下を左に進み、突き当たりの階段を上がる。

「すずさんは、渚紗さんと仲がいいの？」

足を動かしながら、リヒトが尋ねた。

「うん。渚紗とは同い年で、入団の時期も一緒なの。だから仲よくしてもらってるよ～」

「忙しいのに案内させちゃってすみません。すずさんは、お稽古はしないんですか？」

今度は一花が聞いた。すずはやんわりと微笑む。

「わたしは今回は裏方で、役がもらえている人より暇なの。だから佐原さんは、わたしに案内役を頼んだんだと思う」

「裏方って、どんなことをするんです？」

「わたしの担当は、美術全般だよ。舞台の見栄えを考えたり、いろいろやるの。わたし、趣味で絵を描いてるから、書き割り……背景とか作ったりもするし」

と、そこで、すずは大きな鉄のドアを開けた。

足を踏み入れたのは、壁の一面が鏡張りになった広い部屋だ。ポールやバーが設置されていて、スポーツウェア姿の男女がそれに摑まって身体を伸ばしている。

「ここは、ダンスの練習をする部屋。ストレッチとか腹筋をするときも使うよ。時々外部から先生を呼んで、バレエのレッスンとかもやるんだ～。バレエをやると、所作が綺麗になるから」

すずはこんな調子で、稽古場をあちこち案内してくれた。

ついでに、劇団に関する説明も聞くことができた。綺羅星はある大物俳優が設立した劇団で、主宰者兼オーナーは現在二代目だ。そのオーナーは稽古場にはほとんど顔を出さず、実質現場を仕切っているのは副主宰の佐原である。

「佐原さんて、頼りない人だね」

一階の廊下を歩いていたとき、リヒトがそんなことを言い出して、一花は思わずずっこけた。

「ちょっ……いくら何でもストレートすぎますよ、リヒトさん」

「本当のことじゃないか。渚紗さんが神林カレンにひどいことを言われてたのに、佐原さんは黙って見てた。副主宰なら、やるべきことがあるだろう」

「そりゃそうですけど」

すずが、一花たちのやり取りを聞いて苦笑した。

「佐原さんはちょっと気弱だけど、脚本も書けるし演出もできるから、業界内では有名なんだよ～。今回の定期公演会の脚本も佐原さんが書いたの。だけどカレンさんは最古参のメンバーで、しかも看板女優だから、いくら副主宰でも強く言えないみたい」

カレンは綺羅星の設立と同じ年に入団したそうだ。主演を務めることが多く、三年前からは看板女優と呼ばれている。

「今回は、その看板女優を押し退けて、渚紗がお岩の役に抜擢《ばってき》されたの。カレンさんはそれが気に入らないんだよね……。もともと厳しい人だけど、最近は陽菜さんや茉莉さんや美樹さんと一緒になって、渚紗に駄目出しばかりするんだよ。『渚紗じゃ力不足だからキャスト変更を考えた方がいい』とまで言ってるの」

「ええ、公演直前なのに主演が交代するなんて、そんなことがあるんですか?!」

一花は少しギョッとして顔を顰めた。

「綺羅星では、キャストの変更がたまにあるんだ。役者の怪我とか体調不良で交代せざるを得ないこともあるしね。カレンさんはお岩の台詞とか動きを覚えてるみたいだから、もし渚紗が降板したら後釜になるんじゃないかな」

溜息交じりに言うと、すずはパーカーのポケットを探った。中から何か平べったいものを取り出して、両手で包む。

「あ、これ、カイロだよ。わたし南国生まれだから、東京の冬は耐えられなくて。いつも持ってるの」

カイロを揉むようにして暖を取る仕草が、小動物めいていてかわいらしい。

続いて辿り着いたのは、畳が八枚敷かれた部屋だった。出入り口はドアだけで、窓はない。

一方の壁面に鏡台が置いてあって、反対側には大きな板が立てかけてあった。その板には、何やらおどろおどろしい絵が描いてある。

「この部屋は、メイク室兼支度部屋だよ～。ただし、使えるのは『そのとき稽古をしている演目の主演女優』だけ。他のキャストは別の大部屋で着替えるの。それが、綺羅星の伝統なんだ」

どうやら、主演女優には一人優雅に身支度ができる特権が与えられているようだ。

「つまり、定期公演前の今、この部屋を使っているのは渚紗さんだけってことかな」

リヒトが確認すると、すずは曖昧に頷いた。

「うーん、決まりではそういうことになってるんだけど、ご覧の通り、今は美術関係のものを一時的に運び込んでるの。あそこに置いてあるのは、公演のとき会場の入り口に設置する看板だよ。わたしが作ったんだ～」

少し離れた場所に立てかけてある看板を見て、一花は息を呑んだ。

畳一枚分ほどの板に、着物姿の女性が大きく描かれている。その顔は醜くただれていた。瞼《まぶた》をぎゅっと閉じ、口を半開きにしていて、とても苦しそうだ。水墨画のようなタッチで描かれたお岩の絵である。

すずは、鏡台の横の壁に貼ってあった紙を指さした。

「ほら、これ見て。公演のポスターにも同じ絵が使われてるんだ～。実はこのお岩は、佐原さんに頼まれてわたしが描いたの。看板の方は、元の絵を印刷機で拡大コピーして板に貼り付けたんだよ。……どうかなぁ。上手く描けてる？」

「素晴らしいと思います！　すずさんて、絵の勉強をしてたんですか？」

一花は直球で褒めた。リヒトも感心したような顔つきでポスターを見つめている。

「絵は趣味だよ。なのに佐原さん、いつもわたしにポスターとか書き割りを作れって言ってくるの。わたしは役者志望なのに～」

「頼みたくなるのも無理ないですよ。だってこの絵、とってもリアル……！」

見れば見るほど、ポスターに描かれたお岩は不気味である。閉じられた瞼が今にもカッと開いて、動き出しそうだ。

一花はぶるっと身震いした。その横で、リヒトが鏡台の上にあったものを手に取る。

「これは、誰のかな？」

貴公子探偵は一冊の本を持っていた。タイトルは『四谷怪談の考察』。あちこちに付箋《ふせん》が貼られていて、だいぶ読み込んである。

「あー、それは渚紗のだよ。オーディションのときから読み込んでたみたい。一応ここは主演女優のための部屋だから、稽古をしている間、渚紗が荷物を置いてるの」

よく見てみると、鏡台の脇にはベージュのトートバッグが置いてあった。持ち手には、猫のマスコットが付けられている。

駅で待ち合わせたとき、渚紗の肩にこれがかかっていたのを一花は見ている。バッグの上部にはファスナーが付いていた。

（もしかして、呪いの手紙が入れられていたのって、このバッグかな）

一花は黙ってそんなことを考えた。

いっぽう、リヒトは手にした本をパラパラとめくり、しきりに「へぇ」とか「ふーん」

と呟いている。

すずは「はぁ〜」と息を吐いた。

「看板って普通は倉庫に置くんだけど、今は中が一杯になってるの。同じフロアで空いてる部屋はここしかないから、渚紗に頼んで運び込んじゃった。……でも、主演がカレンさんだったら、そういうわけにいかなかっただろうなぁ」

劇団・綺羅星では、役につけなかったメンバーが裏方に回る。

今回とは別の公演で主役に選ばれた際、カレンは『オーディションに落ちたくせに、なれなれしくしないで！』と言い放ち、支度部屋に他のメンバーを入れなかったそうだ。

一花はカレンのプライドの高さをひしひしと感じて、なんとも言えない気分になった。

すずは、やや重たくなった空気を振り払うようにパッと笑みを浮かべる。

「さて。じゃあ今度は、稽古を見学しよっか。今日は衣装もメイクもなしだけど、実際に演技をしてるところを見たいよね」

「わー、見たいです。ぜひお願いします！」

一花はすかさず歓声を上げた。見学者というのはもちろん嘘だが、劇団の稽古がどんなものか、純粋に気になる。

こっちだよ、という声に従って、一花とリヒトはまた一階の廊下を歩いた。辿り着いた先にあった観音開きのドアを、すずが一気に押し開く。

「――嘘よ、嘘！」

悲痛な声が聞こえてきて、一花はビクッと肩を震わせた。

「そんな。これが……これが私の顔!?」

五十畳ほどの部屋の端に低いステージが設置されていて、壇上で誰かが呻いている。

（お岩だ――）

親友の迫真の演技に、一花はしばし圧倒されていた。

4

「ああ、私の顔が……顔が、壊れていく――！」

渚紗が演じていたのは、顔に腫れ物ができたお岩が嘆き悲しむシーンだ。

一花は何度も瞬きをした。特殊なメイクなどしていないはずなのに、渚紗の顔がただれているように見える。

それほど鬼気迫る演技だった。目の前にいるのはもはや、渚紗ではなくお岩だ。見入っていると、ここがビルの中などではなく、江戸時代の屋敷に思えてくる。

「ちょっと、今、台詞間違えたわよ！」

しかし、突然鋭い声が飛んできて、一花は現実に引き戻された。

不機嫌そうに渚紗の演技を止めたのは、ステージの下で仁王立ちをしていたカレンだ。

「確かにあたし、言い間違えました。ごめんなさい」

渚紗は素直に謝罪した。

「大事なシーンでトチるなんて、あなた、主演に向いてないんじゃないかしら」

カレンの皮肉めいた声があたりに響き渡り、場の空気が張り詰める。

「……渚紗さんは、たいしたミスを犯してないと思う。台詞を聞いていても違和感はなかった。あの程度なら、演技を止めないで先に進めた方がいい」

リヒトが小声で耳打ちしてきた。

正直、一花も全く同じことを考えていた。だが、所詮は見学者（偽）だ。稽古に口を出すわけにはいかない。

「——ああ、よ、よし。ここらでちょっと別のことをして、気分を変えよう」

お通夜のような雰囲気に耐えられなくなったのか、ステージの手前でパイプ椅子に座っていた佐原がわたわたと立ち上がった。散々右往左往してから、最終的に一花たちの方に歩み寄ってくる。

「……そうだ！　今日は入団希望の見学者が来てくれてるんだった。彼らに演技をやってもらおう。それを見たら、みんな新鮮な気持ちになれるよ、きっと」

「え、演技?!」

佐原の突然の提案に、一花は目を見開いて絶句した。リヒトも「は？」と眉を片方吊り上げる。

「二人にはまだ演技は無理ですよ、佐原さん。それに、何を演じるんですか？　ここには四谷怪談の台本しかないし……」

渚紗がステージから降りてきて、止めに入ってくれた。

しかし佐原はへらっと笑って、傍らに置いてあったブリーフケースからよれよれの冊子を二冊取り出す。

「これ、別の公演で使った台本なんだけど、男女が一人ずつ出てくるシーンがあるんだ。ほら、ここ。ここを演じてみなよ。台本持ったままでいいからさ。二人とも、演技がしたいからうちの劇団の見学に来たんだろう。今日は役者に近づく第一歩だ」

あれよあれよという間に冊子を押し付けられた。本当は今すぐ突き返したかったが、見学者を装っている手前『演技なんて嫌です』とも言えない。

「……やるしかないみたいですよ、リヒトさん」

一花が呟くと、リヒトも観念したように肩を落とした。二人揃って、しぶしぶステージに上がる。

劇団員たちは、壇上の貴公子の端麗さに溜息を吐いた。一花たちが位置につくと、佐原はパイプ椅子にいそいそと腰かける。

「じゃあ、好きなタイミングで始めていいよ」

タイミングも何も、一花に演技の経験などない。そもそも、見学者ですらなく、本来は家政婦（祝・正式採用）なのだ。

とはいえ、あまりにもやる気のない様子を見せれば立場を疑われて潜入捜査が難しくなる。渚紗のためにも、ここは頑張って切り抜けたい。

（どれどれ。どんなシーンなの？）

一花は台本を開いて目を走らせた。しかし、内容が頭に入ってくる前に、甘い声が聞こえてくる。

「――こちらを向いてくれないか。君の顔が、もっとよく見たい」

「は？」

台本から顔を離すと、リヒトの視線とぶつかった。そうこうしているうちに、右手をスッと持ち上げられる。

「君への想いを、ずっと抱えたままでいた。今ここで言わなければ、死んでも死にきれない。だから顔を上げてくれ」

「え……」

「君を愛している。心の底から、永遠《とわ》に」

リヒトは持ち上げていた一花の手をさらに顔の近くまで引き寄せた。あと少しで、唇に触れそうだ。

「リ、リヒトさん……!!」

一花は慌てて手を引っ込めようとしたが、思いのほかリヒトの力が強くて無理だった。

すぐ傍に、驚くほど整った……そしてひどく真剣な顔がある。

もう、何が起こっているのか把握できない。甘い言葉がいつまでも耳の奥に残り、気を抜くと腰が抜けてしまいそうだ。

心拍数が最高潮に達したとき、リヒトが一花を引き寄せて囁いた。

「――次、一花の台詞だよ」

「………えっ？」

見れば、リヒトの手には台本がある。

なぜステージに上がったか思い出した瞬間、高鳴っていた胸が急速に鎮まっていった。

（あ、何だ、演技か。びっくりした）

一花は深呼吸して落ち着いてから握り締めていた台本を開き、書かれていた文字をそのまま読み上げた。

いや、正確には、読み上げようとした。

「私もあなたさまを、お……お慕いしています。できることならば、ずっとお傍……お、お傍に………」

何度か気合いを入れ直したが、先が続かない。目の前にいるリヒトの顔が視界に入るたびにドキドキして、全く集中できなかった。

「ごめんなさい、ちょっと無理です」

一花はとうとうギブアップ宣言をした。

佐原は苦笑しつつもそれ以上無理強いをする様子はなく、あたりを見回す。

「そうか～。このシーンは初心者には難しかったかもね。じゃあ、うちのメンバーにお手本を見せてもらおう。えーと、誰に頼もうかな」

「あの、よかったら、わたしがやりましょうか？」

すずが控えめに挙手した。

「いや、すずじゃなくて、ここはやっぱり渚紗に頼もう。相手役は、君、やってくれ」

佐原に指名され、渚紗と劇団員の男性がステージに上がった。一花とリヒトは手にしていた台本を二人に渡してから、部屋の隅に並んで立つ。

「私も、あなたさまをお慕いしています。できることならば、ずっとお傍にいたい――」

渚紗は一花がつっかえた例の台詞を難なくクリアした。

演じられているのは、戦時中、若い男女が互いの気持ちを確かめ合うシーンだ。じきに戦地に赴く男性が、今生の別れになると覚悟しつつ、女性に想いを告げる。女性も男性のことを昔から好いていて、二度と帰ってこないかもしれない相手を一生愛すると誓う。

渚紗は、戦火を生きる一途な女性を見事に演じていた。相手役の男性を見上げる顔に、悲しさと強さと愛情が同居している。さっきまでおどろおどろしい役をやっていただなんて、到底信じられない。

「渚紗……」

すずはステージの上の女優をまっすぐ見つめていた。カレンとその取り巻きは、どこか悔しそうに唇を噛んでいる。

一花は、隣に立っているリヒトとともに、その演技に見入った。

スポットライトが当たっているわけでもないのに、渚紗の姿は光り輝いていた。

一花たちがステージに上げられたことで稽古はいったん中断したが、またすぐに再開された。

渚紗がお岩から一花の親友に戻ったのは、およそ二時間後だ。

「お疲れさま。演技、すごかったよ！」

一花は、ステージから降りてきた渚紗を出迎えた。

「すごくないよ。あたし、怒られてばかりだったでしょ？」

「ううん、鳥肌が立つくらい迫真の演技だった。本物のお岩さんがいると思ったくらい。ねぇ、リヒトさん」

振り返って同意を求めると、「素晴らしかった」という簡潔な答えが返ってきた。

リヒトは普段から、駄目なものは駄目とはっきり言う毒舌タイプだ。ここまでストレートに他人を褒めるのはかなり珍しい。

渚紗は微かに笑みを浮かべつつ、肩を落とした。

「一花、リヒトくん、ありがとう。……でも、カレンさんは、あたしの演じるお岩が気に入らないみたい」

一花たちは結局、稽古を最後まで見学した。

今回の定期公演では、副主宰が脚本と監督と演出を兼ねている。ゆえに演技に指示を出すのは佐原の仕事なのだが、カレンもたびたび口を挟んでいた。劇団・綺羅星には、メンバー全員の意見を取り入れて舞台を作り上げるという伝統があるらしい。

そういう伝統があるのはいいことだと思うが、一花はカレンが何か言うたびに嫌な気分になった。演技のクオリティーを上げるための意見交換というなら話は分かる。しかし、渚紗に対するカレンの態度は単なる八つ当たりだ。そして、気弱な佐原を含めて、理不尽な物言いを止められる者は誰もいない。

「神林カレンは、渚紗さんに嫉妬してるだけだよ。主演の座を奪われたと思ってるんだろう。浅はかな人だね」

リヒトがバッサリと切り捨てた。

一花は心の中で賛同しつつも、「ちょっと、カレンさんに聞こえちゃいますよ」と周囲を見回す。

幸いにも、カレン一派はすでに部屋の外に出ていったようだ。残っているのは数名の劇団員と、一花たちのみである。

「あたしの演じるお岩は、カレンさんにとっては迫力がなくて、ちっとも怖くないんだと思う……」

渚紗が肩を落としたままポツリと言った。

稽古の最中、カレンは確かにそんな駄目出しをしていた。「迫力に欠ける」だの「そんなのお岩じゃない」だの……。取り巻きの陽菜・茉莉・美樹と一緒になって辛辣《しんらつ》な意見をぶつけていたのを、一花は何度も目撃している。

そのことを思い出したのか、渚紗は悲しそうに目を伏せたが、すぐにきりりと表情を引き締めた。

「でも、あたしは自分のやり方を貫くつもりだよ。だって、本当のお岩は、とても優しい女性だもの」

「本当の、お岩……？」

首を傾げる一花の隣で、リヒトが「ああ」と声を上げた。

「四谷怪談の主役には、実在のモデルがいる。その人のことを言ってるんだね」

「そう！　リヒトくん、よく知ってるね」

渚紗は嬉しそうに頷く。

「実は、さっき渚紗さんの支度部屋に置いてあった本を読んだんだ。そこに記述があった」

「あー、あの本ですか！　そういえばリヒトさん、パラパラめくってましたね」

一花も思い出した。鏡台に置かれていた、付箋だらけの一冊だ。

「よくまとまっている本だったね。全部読んだら、四谷怪談のことが理解できたよ」

「えぇっ、ちょっと待ってください。あの短時間で『全部』読んだんですか?!」

さらりと出た言葉に、一花は驚愕した。貴公子探偵は「そうだけど」と涼しい顔をしている。

渚紗はそんな一花とリヒトを代わる代わる見た。

「あの本はオーディションの前に買って、今でも役作りのために読み返してるの。リヒトくんが言った通り、お岩にはモデルがいて、その人はみんなに慕われる優しい女性だったんだって。お岩をお祀《まつ》りした神社やお寺もあるんだよ」

神社とお寺両方に、実在のお岩について書かれた看板が立てられているらしい。

それによれば、創作である四谷怪談の内容とは異なり、本当のお岩は夫婦円満に過ごしていたという。とても貞淑な妻で、呪いや祟りとは無縁だそうだ。

「お話の中で、お岩は自分を裏切った夫を恨んで怨霊になるけど、恨みと同じ分だけ悲しみもあったと思う。悲しくなるってことは、それだけ相手のことが好きだったってことだよ。本物のお岩みたいに、夫を愛してた……。あたしはお岩を演じるとき、その悲しみや愛情を忘れないようにしてるの。怖さは減っちゃうかもしれないけど、きっと、あたしの解釈は間違ってない」

渚紗の瞳の奥には、揺るがない光があった。

一花は改めて親友のすごさを目の当たりにした。誰に何を言われてもへこたれない、女優魂を感じる。

「あ、いたいた。渚紗ぁ～！」

そのとき、背後から誰かの声がした。一花が振り返ると、すずが天然パーマの髪を揺らして走ってくる。隣には、副主宰の佐原もいた。

「どうしたの、すず」

「渚紗、あのね、さっき支度部屋に舞台装飾で使う木材を運び込ませてもらったの。このあとすぐ着替えに行くでしょ。躓《つまず》かないように気を付けて～」

　今の渚紗は稽古用のスポーツウェア姿だ。着替えてから、松濤の家で明日以降の調査について話し合いをする予定である。

「そうなんだ。分かった。木材なんて運ぶの大変だったでしょ？　言ってくれればあたしも手伝ったのに」

　渚紗が労をねぎらうように言うと、すずはにこっと笑った。

「大丈夫だよ。佐原さんも一緒に運んでくれたから。ねー、佐原さん」

　話しかけられた佐原は「いやー」と頭に手を当てる。

「渚紗、事後承諾で申し訳ないなぁ。今回は舞台美術にも凝る予定だから、倉庫が大道具とか小道具で溢れてるんだ」

「支度部屋は主演女優のものなのに、ごめんねぇ」

　二人に頭を下げられた渚紗は「全然問題ないから大丈夫」と笑顔を返す。

「あの、今日は見学させてもらってありがとうございました」

　一花が頭を下げると、佐原がにへら～っと笑って肩のあたりにポンと手を置いてきた。

「どうだった？　うちの劇団に入る気になったかな。君なら大歓迎だよ」

「はぁ、あの、えーと」

一花は肩に乗った手をさり気なく振り払いながら愛想笑いを浮かべた。

「心が決まったら渚紗を通して伝えてね。あ、もちろん僕の携帯電話に直接返事をくれてもいいよ。……じゃあすず、僕らは持ち場に戻ろうか」

佐原はすずを促し、身体を半分部屋の出入り口に向けた。

それを見て、渚紗が「あれ、佐原さんたち今日は居残り？」と尋ねる。

答えたのはすずだ。

「あのね、これから演出のテストなの。佐原さんがスモークを調整したいんだって！」

スモークって何……？　と一花が首を捻っていたら、佐原が補足してくれた。

「舞台の演出で、白い煙がぶわっと広がるのを見たことない？　あれだよ。専用のスモークマシンを使う予定だったけど、少し人工的すぎる気がしてね。砕いたドライアイスにお湯を足してみようかと思ってるんだ。美術担当のすずに準備をお願いしてたんだよ」

「業者に注文してたドライアイス、さっき届きました～。わたしが冷凍庫で厳重に管理してます。演出のテスト、いつでも開始できますよぉ。任せてください」

すずはパーカーの袖をまくり上げてガッツポーズを作った。頼もしそうには見えないが、とてもかわいらしい。

「まだやることが残ってるなんて、佐原さんもすずも大変。お疲れさまです」

渚紗は深々と頭を下げてすずたちを見送った。二人の姿が完全に見えなくなってから、
一花は少し破顔する。

「すずさんて、とってもかわいいね。稽古場を案内してもらったとき、渚紗と仲がいいって言ってたよ」

あのふわふわの髪と、のんびりした喋り方。すずと一緒にいると、なんだか心が和んでくる。

「すずとあたしは同期入団だから、劇団の中では一番仲がいいよ。すずは優しくて気配りができるし……カレンさんたちに厳しいことを言われても、すずだけは慰めてくれる」

すずがいてくれてよかった。渚紗はしみじみとそう言ってから、着替えるために部屋を出ていった。

さっきまでは他の劇団員もまばらに残っていたが、今室内にいるのは、一花とリヒトだけだ。

誰もいなくなったので、一花は少し前から考えていたことを思いきって口にした。

「渚紗のバッグに呪いの手紙を入れたのは……もしかしてカレンさんでしょうか」

「まだ、なんとも言えないな」

リヒトは長い指を顎に当てる。

「そうでしょうか。私ははっきりしてると思います。お岩さん云々という手紙の文面を考えると、手紙の差出人は劇団の関係者に限られますよね。その中で一番動機があるのは、カレンさんでしょう？」

カレンは厳しいことを言って渚紗から自信を奪い、主演の座から引きずり下ろそうとしているように見えた。後釜を狙っているに違いない。

　悔しくて下唇を噛む一花の傍で、リヒトが冷静な声で言った。

「犯人が劇団の関係者であるという点は、僕も否定しないよ。だけど、神林カレンと断定することはできない。取り巻きのうちの誰かという可能性も……」

「――いやあああぁぁぁぁぁぁぁぁーっ、誰か、誰か来て！」

　貴公子探偵の言葉を遮ったのは、甲高い悲鳴だった。よく通るこの声を、一花は今日、何度も耳にしている。

「渚紗！」

　気付いたときには走り出していた。もちろん、リヒトも一緒だ。

　がむしゃらに進んでいると、やがて人だかりが見えてきた。渚紗の支度部屋の前だ。他の劇団員たちが、悲鳴を聞いて駆けつけたのだろう。

　人の輪の中心で、渚紗がへたり込んでいた。傍らにはすずがいて、「大丈夫?!」と声をかけながら背中をさすっている。

「どうしたの、渚紗！」

　一花はすぐさま親友に駆け寄った。

「あぁ……一花、部屋、部屋の中……！」

「支度部屋のこと？　そこで、何があったの?!」

　渚紗は震える指で支度部屋のドアを指さした。

「……看板……看板に描かれたお岩が——目を開けたの」

「えっ」

　恐ろしい顔つきで、ゆっくりと目を開く絵の中の怨霊。そんな光景がありありと浮かんできて、一花の背筋に悪寒が走る。

「わたし、見てくる！」

　すずが素早く立ち上がり、一人で支度部屋に踏み込んでいった。

「一花、僕らも確認しよう」

　言うが早いか、リヒトが支度部屋のドアを全開にした。それでようやく、室内の様子が明らかになる。

　支度部屋の中には、さっき一人で踏み込んでいったすずがいた。鏡台の向かい側に立てかけられた看板を指さし、ゆっくりと首を横に振る。

「目……開いてないよ。特に異常はないみたいだけど」

　大きな板に貼り付けられたお岩の絵。

　その瞼は、両方とも固く閉じられていた。かなり不気味だが、初めて見たときと何一つ変わっていない。

　リヒトはドアを押さえながら、人だかりの中にいた佐原に問いかけた。

「さっきこの部屋に木材を運んだって言ってたよね。そのとき、看板を見た？」

「見たけど、何もおかしなところはなかった気がするよ。あぁでも、そんなにじっくり眺めたわけじゃないんだ。運んでいた木材が大きくて、一緒に部屋に入ったすずの姿もよく見えなかったから……」

その木材は、鏡台のあたりにゴロゴロと置かれている。

「わたしも、おかしな点はなかったと思います……」

すずが小さな声で言うと、人だかりの中から声が飛んできた。

「やだ、何よそれ。渚紗さんの勘違いってこと？　馬鹿馬鹿しい！」

冷たく言い放ったカレンに、陽菜・茉莉・美樹が全力で同調した。それ以外の劇団員たちも「やれやれ」と迷惑そうに顔を顰める。

「で、でも、本当に目が開いてて……」

渚紗は言い返そうとしたが、周囲からの視線を受けて俯いてしまった。

「勘違いでこんなに大騒ぎするなんて、渚紗さんたら本当に迷惑な人ね。主演女優がそんなことでどうするのよ。絵の中のお岩が目を開けた、ですって？　精神的に余裕がないから、そんなおかしな幻覚が見えたんじゃないの？」

カレンの辛辣な台詞があたりに響き渡る。

一花は反論する代わりに、肩を落として縮こまる渚紗を後ろ手で庇《かば》った。

「なんならお岩の役、私が代わってもいいのよ。主役の台詞と動きは完璧に頭に入っているわ。このまま渚紗さんが演じたら、公演が台無しになるかもしれない。キャスト変更、考えておいてちょうだいね、佐原さん」

それだけ言うと、カレンは取り巻きの三人を引きつれてその場から立ち去った。残っていた他のメンバーも散り散りになっていく。

「渚紗ぁ……」

支度部屋の中にいたすずが、転がるように近寄ってきた。一花を半分押し退ける形で渚紗を抱き締め、背中を優しく撫でる。

「わたし、これ以上見てられないよぉ！　ねぇ渚紗、もう無理しないで。こんなの、いつもの渚紗じゃない。渚紗が辛いなら……キャスト変更、してもいいと思う」

「すず……」

渚紗はとうとう、すずに縋《すが》りついて肩を震わせた。

5

稽古のあと、一花たちは渚紗を伴って松濤の家に戻るはずだった。明日以降の調査方針を決めるためだ。

しかし渚紗はそれを固辞した。

今日はどうしても、一人になりたいらしい。落ち込む友人に寄り添いたい気持ちはあったが、本人の意向を無視するわけにはいかない。

というわけで、一花とリヒトは二人で松濤の家に帰還した。出迎えてくれたのは、燕尾服姿の執事だ。

この家のリビングはとても広く、ソファーやガラステーブルが置かれたスペースと、キッチンやダイニングのスペースに分かれている。

主がソファーに腰を下ろすと、林蔵が報告を始めた。

「リヒトさま。待機中、私《わたくし》は演劇界の方々に電話で問い合わせをいたしました。結果、劇団・綺羅星の副主宰である佐原さまについて、ある情報を入手しております」

今まで数々の事件を解決してきた貴公子探偵は、その依頼者であるセレブたちに多少顔が利く。

林蔵は、そのコネクションを利用して聞き込みをかけていた。リヒトに手ぶりで促されると、一礼してから続きを口にする。

「佐原さまは役者の才能を見抜く慧眼をお持ちで、演劇業界ではそこそこ名の通ったお方とのことですが、いっぽうで、女性関係に少々問題があるようです」

「女性関係？　どういうこと？」

リヒトは、林蔵の話に興味を示した。

「佐原さまは舞台などで関わった女性に言い寄る癖がおありのようです。相談に乗るなどという名目で近づいては不埒な誘いをかけるとのことで、劇団員の女性は辟易しているのだとか」

話に耳を傾けていた一花は嘆息した。

そういえば今日、佐原はやたらとなれなれしかった。もし劇団に入ったら、もっと露骨なアプローチを仕掛けてくるかもしれない。

林蔵は、そんな一花に微妙な眼差しを向けた。

「一花さんのご友人も、佐原さまに何度か粉をかけられていると聞いております」

「えぇ、あの人、渚紗にも手を出したんですか?!」

「主演女優には必ず『お声がけ』をするようです。ただし、劇団内でお立場の強い神林カレンさまは例外ですな。渚紗さまは、佐原さまをきっぱり拒絶したそうですぞ。佐原さまは『すげなくあしらわれた』と仲間内で嘆いておられた模様です」

リヒトは「とんだ女ったらしだね」と呟きながら、優雅に足を組み替えた。

「佐原さんは、誘いを断った渚紗さんを逆恨みしてる可能性がある。バッグに手紙を入れたり、物音を立てたりして怖がらせたのも、みんなあの人かもしれない」

「そんな……ひどい」

リヒトの話を聞いて、一花はすっかり悲しくなってしまった。しょんぼりと肩を竦めたまま問う。

「じゃあ、今日のあれも……看板に描かれたお岩が目を開けたというのも、佐原さんがやったことなんですか？　一体、どうやって？」

「さあ、それはまだ分からない。佐原さんが犯人というのも仮説だよ。……そもそも、本当に『目が開いた』のかな。渚紗さんの悲鳴を聞いて僕たちが駆けつけたとき、看板には異常がなかった。直前に支度部屋に入ったすずさんも、気になる点はなかったと証言してる。目が開いたと言っているのは、渚紗さんだけだ」

「え、リヒトさんは渚紗が嘘を吐いたと思ってるんですか?! 変な手紙をもらって、あんなに悩んでたんですよ。わざわざ『お岩が目を開けた』なんて言う必要あります?」

一花は思わず突っ込んでしまった。

「嘘を吐いたんじゃなくて、見間違えた可能性もある。いずれにせよ、僕は渚紗さんの話の真偽を判断できないんだ。一花には悪いけど、確証が持てるまではあらゆる可能性を残しておくべきだと思う。何が本当で何が嘘か……じっくり考えたい」

サファイヤブルーの瞳が、少し寂しそうだ。

母親を喪い、日本にやってきたリヒトを、東雲辰之助は「実の息子だ」と言って受け入れた。

だが実際は、リヒトだけが一人、家族と暮らすことなくここに追いやられている。

多くの大人に裏切られ、リヒトは一時期、食事さえろくにとれなくなっていた。今でも人の嘘には敏感なのだ。

その気持ちを考えると、一花はこれ以上反論できない。

「もっとも、証言をしているのが一花なら、嘘を吐いてるかどうかすぐに分かるけどね」

リヒトは寂しげな雰囲気を消し、微笑んだ。

「私、くしゃみが出ちゃいますからね。この体質、なんとかしたいです……」

人にお世辞を言っただけで「はーっくしょん！」となるのは本当に厄介だ。

「くしゃみで判定できるなんて分かりやすくていいじゃないか。だからこそ、僕は一花の言うことを信用できる。これ、褒めてるんだよ。一花にはぜひ、そのままでいてほしいな。──林蔵もそう思うよね？」

主に話を振られた執事は、地蔵のような慈悲深い笑みを浮かべている。

なんとなく小馬鹿にされているような気がしないでもないが、『褒めてる』と言われたので一花はひとまず納得することにした。

渚紗がこの場にいない以上、綺羅星の件は進展しそうにない。だったら、やるべきことは一つだ。

「私、そろそろ夕飯作りますね」

もうじき午後六時になる。家政婦（正式採用）はキッチンスペースへ行き、大きな冷蔵庫と向き合った。

一花が派遣されたばかりのころ、ここには栄養価の高いブロック型のクッキーが詰め込まれていた。それがリヒトの主食だったのだ。

だが、今は……。

（うわー、綺麗な色！）

取り出したのは、サーモンの切り身。ノルウェー産の最高級品を冷凍の状態で配達してもらい、冷蔵室で解凍しておいたものだ。

いわゆる、お取り寄せグルメである。

「よし！」

一花はまず気合いを入れて、それからひたすら手を動かした。少しでも美味しくなるように、リヒトの笑顔が見られるように……ただ、それだけを考える。

「お待たせしました！」

小一時間後、作り上げた料理をダイニングテーブルに運んだ。「三人で食べようよ」という主の言葉に従い、今日も林蔵を交えて食卓を囲む。

テーブルについたリヒトは、目の前に置かれた小鉢の中身をまじまじと見つめ、首を傾げた。

「ブロッコリーに何か和えてある。何だろう。マヨネーズと……あとは、小さな欠片みたいなものに見えるけど」

どうやら、名探偵に分かるのはそこまでのようだ。代わりに答えたのは、有能な執事だった。

「これはもしかして、インスタントラーメン風のスナック菓子、ですかな」

「林蔵さん、正解！　今日の副菜は『ブロッコリーのラーメン風スナック和え』です」

一花はパチパチと拍手した。

ラーメン風スナックとは、駄菓子の一種だ。形は砕いたインスタントラーメンの欠片そのもの。割としっかり味が付いている。

「ラーメン風スナックか。初めて見たよ」

リヒトは物珍しそうな表情を浮かべていた。セレブは駄菓子に馴染みがないようだ。

一花たちは三人揃って「いただきます」をした。リヒトも林蔵も、真っ先にブロッコリーを口に運ぶ。

「あ、これは面白い。ラーメン風スナックの、カリカリする歯ごたえが絶妙だ」

「そうですな。駄菓子の味が、ブロッコリーとマヨネーズによく合っております」

小鉢の中身がみるみるうちに減っていく。一花は思わず破顔した。これぞまさに、家政婦冥利に尽きる瞬間である。

茹でたブロッコリーは、いつものようにマヨネーズをかけただけでも美味しいが、そこにラーメン風スナックを『チョイ足し』するだけで新たな一品に生まれ変わる。

このチョイ足しは、調理師をしながら女手一つで娘を育てた母親・登美代《とみよ》から伝授された、とっておきの技。一花の十八番だ。

どんなに手軽なメニューでも、一手間加えるだけで高級食材に負けない味になる。六畳二間の風呂ナシ物件で育った一花にとって、チョイ足しは魔法のようなものだった。

「ほう、本日のメインは、グラタンですな」

林蔵が、あつあつの皿を前に顔を綻ばせた。

今日の主菜はサーモングラタンだ。具材はほうれん草とマカロニ。そして例のお取り寄せグルメである。

チョイ足しの例外を除き、リヒトに出す料理にはセレブ御用達のスーパーで調達した食材か、高級なお取り寄せ品を使う。

いっぽう、一花の実家では、前日に残ったカレーやシチューをリメイクしてグラタンにすることが多かった。余り物を徹底的に使う節約メニューだ。

「これも、美味しい」

グラタンに手を付けたリヒトは、ぱっと顔を輝かせた。もう二、三口食べてから、一花の方に身を乗り出す。

「このホワイトソースは、一花の手作り？　コクがあって滑らかだけど、三ツ星レストランで出てくるソースよりあっさりしてる。僕は、こういう味が好きだよ」

ストレートに褒められ、一花は「えへへ」と照れ笑いをした。

「実はこのホワイトソース、厳密に言うとホワイトソースじゃないんですよ。豆乳を温めて、片栗粉でとろみを付けたものです。バターも生クリームも使っていないので、あっさりめに仕上がりました」

片栗粉を加えるとき、一緒にコンソメキューブを入れて味付けをした。バターや生クリームがなくても、豆乳がコクを十分に引き出してくれている。

リヒトはもともと食が細く、こってりしたものよりあっさりした味を好む。普通のホワイトソースより、豆乳を使ったこのソースの方が口に合うと思った。

結果は大正解だ。気が付くと、皿がすっかり綺麗になっている。

　三人で「ごちそうさま」をしたあと、空っぽの食器をキッチンに運ぶ瞬間が、一花にとっては一番嬉しい時間だった。

「ねぇ、一花。ブロッコリーのラーメン風スナック和え、また作ってよ」

　食後のティータイムに突入すると、リヒトがそんなことを言ってきた。駄菓子を使ったメニューが随分とお気に召したようである。

「じゃあ、近いうちにまた作りますね。ブロッコリー、実はもう一株買ってあるんですよ。ちょうど今が旬で、ほんのり紫色です」

　一花の言葉に、リヒトは不思議そうな顔をした。

「紫色？　ブロッコリーって、緑色じゃないの？」

「旬の寒い季節に育ったブロッコリーは、紫色になるんです。寒さから身を守るために内部でアントシアニンという物質が作られて、その作用で色が紫に変わるそうですよ。寒さの中で育ったブロッコリーは栄養がぎゅっと凝縮するので、甘みが増すんです」

　紫色は美味しさの証でもある。

　一花は高校を出たあと、調理師の専門学校に進んだ。こういう野菜の知識は、そこで得たものだ。

「実物を見た方が早いですね。ちょっと待っててください」

　ここは、論より証拠。リヒトは一花がキッチンから持ってきたブロッコリーを見て、僅かに目を見開いた。

「本当だ。少し紫がかってる」

「しかし、一花さん。先ほどいただいたブロッコリーは、緑色でしたな」

林蔵が丸眼鏡を指で押し上げながら聞いてきた。

「ああ、茹でる前はこんな風に紫色だったんですよ。ブロッコリーは寒くなると紫色になって、加熱すると緑に戻るんです」

「――待って、一花。今、何て言った？」

突然、リヒトが鋭い声を出した。一花はビクッと肩を震わせる。

「どうしたんですか、リヒトさん。私はただ、ブロッコリーの話をしただけですよ。ブロッコリーは寒くなると紫色になって、加熱すると緑に……」

「それだ！」

リヒトは勢いよく立ち上がった。間を置かず、自らの執事に目を向ける。

「林蔵。僕はこれから綺羅星の稽古場に行く」

「かしこまりました。車を玄関の前に回しましょう」

林蔵は燕尾服の裾を翻《ひるがえ》して外へ出ていった。一花はそれを目でぼんやりと追っていたが、すぐにハッと我に返って尋ねる。

「リヒトさん。どうしてまた稽古場に行くんですか」

「どうしてって、分かったからさ。……絵に描かれた人物が、どうやって目を開けたり閉じたりしたか」

「えぇぇぇぇーっ！」

驚きのあまり素っ頓狂な声を上げた家政婦に向かって、貴公子探偵は優雅に微笑んだ。

「ありがとう、一花。ブロッコリーにラーメン風スナックを加えてくれたお陰で――謎が解けたよ」

6

扉の向こうから、ガタガタと物音が聞こえてくる。

リヒトは一度大きく息を吐いてから、ノブに手をかけた。

「そこで何をしているのかな」

部屋の中は真っ暗だ。貴公子探偵の声で、黒い影が揺らめく。

リヒトに続いて部屋に入った林蔵が、ドアを開いた状態で固定した。さらに壁にあった電灯のスイッチをＯＮにすると、立ち尽くしていた人物の正体が露《あらわ》になる。

「すずさん……」

林蔵の後ろにいた一花は、それだけ言って絶句した。あんなにかわいらしかったすずの顔が、能面のように冷たく見えたからだ。

「あれ、すずじゃないか。何やってるんだ、こんな時間に」

その驚くほど呑気な声で、張り詰めた空気が緩んだ。一花の隣で、佐原がへらっと笑っている。

今いるのは、綺羅星の稽古場。主演女優の支度部屋の前だ。

稽古場に立ち入る許可を得るため、松濤の家からここに来るまでの間、リヒトは林蔵が運転する車の中で佐原に電話をかけた。

佐原は今日の活動を終えて都内の飲食店にいたらしいが、リヒトから連絡を受けると、自らも稽古場に戻ると言ってきた。

というわけで一花たちは佐原と一緒にいるが、ここにさらに『おまけ』が加わっている。

「ちょっと、支度部屋で何をするつもりなの？」

「何なんですか」

「どういうことなんですか」

「あ、すずがいるー！」

カレンが両手を腰に当て、心底不機嫌そうな顔で立っていた。

その周りには、ジンベエザメにまとわりつくコバンザメのごとく、陽菜・茉莉・美樹の取り巻き三人組がいる。

「あのさぁ、僕は君たちのことなんて呼んでないんだけど」

リヒトが四人を眺めながら渋面を作ると、アーチ形に整えられたカレンの眉がきゅっと吊り上がった。

「だから何よ。佐原さんが電話を受けたとき、私や陽菜たちも一緒にいたの。佐原さんを説得してたのよ。主演を渚紗さんから私に交代した方がいいってね！　そこに連絡が来て、佐原さんが稽古場に戻るって言うからついてきたの。私の話を途中でほっぽり出すなんて、許されないことよ」

煩いからついてこなくてよかったのに……一花は心底そう思ったが、ぐっと堪えて口を噤んだ。

「一花、リヒトくん……」

控えめに名前を呼ばれて、振り返る。

現れたのは渚紗だった。やや戸惑ったような顔をして、集まっているメンバーを代わる代わる眺めている。

渚紗を呼び出したのは一花だ。大事な用があるので、稽古場に来るようメールしておいた。

「ねぇ一花、これから何が始まるの？　大事な用って、何？」

親友に問われた一花は、「私にはさっぱり」と首を横に振った。

呼び出しメールはリヒトの指示で作成したものだ。これから何が起こるのか、一花の方が聞きたいくらいである。

麗しい探偵は、やってきた主演女優を見て微笑んだ。

「そろそろ謎解きをしよう。文字通り『役者が揃った』からね」

その場にいた全員が、リヒトに促されて支度部屋の中ほどに足を踏み入れた。

渚紗や佐原、カレンと取り巻きの三人、さらにもともと室内にいたすずも入れて、総勢十名。なかなかの大所帯である。

「さて、まずは初めの質問に戻ろうか。すずさん――君はここで、何をしていたの？」

リヒトの顔に不敵な笑みが浮かんだ。

「………」

問われたすずは、何も答えない。

「もしかして、その看板に用事があったのかな。例えば、誰もいないうちに処分しようとしてたとか」

「――――！」

小柄な身体があからさまに震えた。

貴公子探偵はその反応を見て「やっぱりね」と呟く。

「リヒトさん、どういうことですか？　すずさんが看板を処分しようとしてたって……」

わけが分からなすぎて、一花は混乱していた。渚紗も一花と同じような顔つきで「なぜ処分する必要があるの？」と尋ねる。

壁に立てかけられている看板は、相変わらず不気味な雰囲気を放っていた。描かれているお岩の顔はおどろおどろしく、その瞼は固く閉じられている。

リヒトはつかつかとその前まで歩き、表面をそっと撫でた。

「なぜって、処分せざるを得ないからさ。看板を詳しく調べられたら『トリックの痕跡』

に気付かれてしまうかもしれない。そうだよね——すずさん」

「……トリックなんて、わたし、知らないっ！」

ずっと黙っていたすずが、前のめりになって叫んだ。リヒトの言葉を打ち消すように、天然パーマのふわふわヘアを左右に振る。

「じゃあ、ここで何をしていたの？　稽古や演出のテストはとっくに終わってるのに」

リヒトはすずに向き直った。間髪容れず、畳みかける。

「さっきこの部屋の中でガタガタ物音がしていたけど、あれは十中八九、すずさんが看板を動かそうとしてた音だよね。しかもすずさんは、僕らが近づいてくる気配にさえ気付かないほど夢中になってたみたいだ。こんな時間に灯りもつけず、看板をどうするつもりだったのかな。答えてよ」

「あー、ごめん。ちょっといいかなぁ」

声を発したのは、リヒトと対峙しているすず……ではなかった。ここまで緊張感のない感じを醸し出せる人物は、一人しかいない。

「佐原さん、このタイミングで、一体何ですか？」

一花は半分ずっこけながら佐原を振り返った。

「ごめんごめん。僕、全然話が見えなくてさ。そもそも、うちの劇団の見学に来ていた君たちが、なぜまた稽古場に？　君たち、渚紗の友達なんだよね？」

「佐原さん、それはあたしから話します」

渚紗が説明役を買って出てくれた。

少し前に呪いの手紙をもらったことや、身の回りでおかしなことが続いていた件を手短に伝え、最後にリヒトがセレブの間で貴公子探偵と呼ばれていることを言い添える。

「探偵ですって？　何よそれ。大事な公演前なのに、関係ない人を稽古場につれてこないでちょうだい」

カレンはたちまち憤慨した。もちろん取り巻きの三人も口々に非難する。

「すみません……」と謝る渚紗に、さらなる怒声が浴びせられた。

「呪いの手紙だのなんだの……そんなこと、本当にあったのかしら。渚紗さんの気のせいでしょ。主演女優のくせにおどおどしてるから、看板に描かれたお岩が目を開けたなんて、ありもしない幻覚を見てしまうのよ！」

「――いや、渚紗さんが見たのは幻覚じゃない」

カレンを止めたのは、リヒトだった。ぴしゃりと言い放つと、傍らの看板を指さして口角を上げる。

「百聞《ひゃくぶん》は一見《いっけん》にしかずだよ。今から絵の中にいるこの人が目を開けるから、みんなちゃんと見てて」

「ええっ！」

驚いて声を上げた一花を尻目に、リヒトはお岩を……正確に言うと、看板に描かれた人物の瞼のあたりを何度か撫でた。それから、佐原に問いかける。

「稽古のあと、演出のテストにドライアイスを使うと言ってたよね。それ、まだ残ってるかな」

「あー、余った分が、二つ隣の部屋に置いてある冷凍庫に入ってるよ。管理していたのはすずだけど、僕もしまうところを見たから間違いない」

佐原が言い終わらないうちに、林蔵がサッと部屋から出ていった。

ものの数十秒で戻ってきて、リヒトにランチボックスほどの大きさのプラスチックケースを掲げて見せる。

「砕いたドライアイスが、こちらのケースに入れてありました。近くに軍手も置いてあったので、拝借して参りました」

ドライアイスは、素手で触れると凍傷を引き起こす。リヒトは軍手を嵌《は》め、白い欠片をいくつかケースから取り出した。

「じゃあ、行くよ」

貴公子探偵の手が看板に近づく。ドライアイスの煙で、描かれていたお岩の顔が僅かに霞《かす》んでいた。

「――あ」

リヒトが看板から手を離したとき、一花は息を呑んだ。

絵の中のお岩が、カッと目を見開いている。瞼は固く閉じられていたはずなのに、今はらんらんと輝く眼球が……。

「きゃあああぁぁっ、な、何よこれ！」

カレンが悲鳴を上げて佐原に飛びついた。陽菜・茉莉・美樹は、互いに身体を抱き締め合って震えている。

渚紗が看板を指さして叫んだ。

「あのときと同じ！　稽古のあとも、こうやって目を開けてたの！」

「リヒトさん。一体、どうなってるんですか……？」

お岩と目が合うのがなんとなく嫌で、一花は若干俯きつつ口を開く。

「よく見てごらんよ、一花。これ――閉じた瞼の上に、ペンで目玉を描いてあるだけだよ」

「はぁ、ペン?!　うわ、本当だ！」

言われてみれば、目玉の部分だけ色が少し違っている。瞼に無理やり眼球を描き足してあるせいで、居眠りのコントをしている人みたいだ。

震え上がっていた渚紗やカレンたちも、ようやく落ち着きを取り戻した。

リヒトはドライアイスをケースに戻し、軍手を外して笑みを浮かべる。

「目玉の部分は、『擦ると消えるペン』で描かれてるんだ」

「それって、ペンのお尻についてるゴムで擦ると消えちゃうあれですか？　高校時代、よく使ってましたよ」

一花がそう言うと、リヒトは頷いた。

「そう、あのペンだ。あれは消しゴムと同じ要領で消すと思われがちだけど、実は違う。本当は、ゴムで擦ることで発生する摩擦熱を使うんだよ。熱を加えることでペンの色が透明に変わって消えたように見えるけど、かなりの低温で冷やせばまた復活する。冷却すると色が戻る……と言った方が分かりやすいかな」

「えっ、嘘。復活するんですか?!」

それは初耳だった。驚く一花の前で、リヒトは説明を続ける。

「この看板には、擦ると消えるペンであらかじめ目玉が描き込まれてた。描いた部分に熱を加えていったん消してから、ここ……渚紗さんの支度部屋に運び込まれたんだ。あとは渚紗さんが一人で部屋に入るタイミングを見計らって消した箇所を冷やせば、描いた目玉が復活する」

看板に描くという行為。話が進むにつれ、容赦なく一人の人物が浮かび上がってくる。

貴公子探偵はその人物……すずを見た。

「擦ると消えるペンは、六十五度くらいの熱を加えるとインクの色が透明になって、マイナス二十度になると元に戻る。マイナス二十度って、かなりの低温だよ。そこまで一気に冷却できるのは、特殊な機械かドライアイスくらいしかない。稽古場でドライアイスを持ち歩いていても怪しまれない人物は、すずさんだけだ。すずさんは看板の制作者だから、手を加えるのも簡単だっただろうね」

一花は昼間の出来事を脳内で反芻した。

稽古が終わって渚紗が着替えに行く直前、すずと佐原が支度部屋に木材を運び入れている。すずはそのタイミングで佐原の隙を見計らってドライアイスを看板に近づけ、あらかじめ描いてから消しておいた目玉を復活させたのだ。

ドライアイスはこっそり持ち歩いていたのだろう。万が一誰かに見つかっても、管理者であるすずならいくらでも言い訳できる。

「ちょっと待ってちょうだい！」

ふいに、部屋の片隅から声が上がった。カレンが腰に手を当てて、リヒトとすずを交互に睨みつけている。

「渚紗さんが悲鳴を上げてから、支度部屋の前には大勢の人が駆けつけたけど、お岩の目は開いてなかったわ。探偵さんの言う通り、ドライアイスを使ってペンの色を復活させたのだとしたら、みんなも目が開いてるお岩を見てるはずよね」

リヒトは「ああ、そのことか」と呟いた。

「話は単純だよ。すずさんは、復活させた目玉を『もう一度消した』んだ。渚紗さんが悲鳴を上げてから、僕たちが看板を確認するまでの間にね」

「え、もう一度消したって、ペンの後ろについてるゴムで擦ったんですか？　看板は大きいから、結構大変そうですけど」

一花は言いながら、再びあのときの出来事を思い描いていた。

渚紗の悲鳴が聞こえてすぐ、一花とリヒトは支度部屋の前に駆けつけている。そこにはカレンたちを含む大勢の劇団員がいて、渚紗はすずに介抱されている状態だった。

そのあと、すずが一人で支度部屋に飛び込んだ。看板に描き込まれた目玉を消せるのは、このタイミングだけだろう。

しかし、リヒトが直後にドアを全開にしている。すずにたいした時間はなかった。看板は畳一枚分ほどあり、ペンで描き足された目玉は片方だけでも手の平大。それを擦って消すのは相当重労働である。

「すずさんなら比較的簡単に消せたはずだよ。さっきも言ったけど、六十五度程度でペンのインクが透明になるんだから、擦る必要はないんだ。別のもので温めればいい」

リヒトはそこまで説明すると、満面の笑みを浮かべた。

「いつも携帯してるカイロを使ったんだよね、すずさん」

「あ……わ、わたし……」

すずはパーカーのポケットに手を入れていた。そこには『カイロ』が入っているはずだ。南国生まれの寒がりが、暖を取るための……。

「六十五度とマイナス二十度。両方をタイミングよくコントロールできる人って、君の他にいるかな。板葺すずさん」

がたっ……と音を立てて、すずがその場にくずおれた。

「嘘でしょ、すず……どうして……なぜ……」

渚紗がわなわなと肩を震わせる。

「呪いの手紙も、他の嫌がらせも、全部すずさんがやったんだろうね。すずさんは、渚紗さんだけをターゲットにしてた。今回も渚紗さんだけに『目を開けたお岩』を見せたかったんだよ。だから擦ると消えるペンで看板に細工した。ドライアイスとカイロを使ってタイミングよく目玉を出したり消したりすることで、計画は上手くいった」

リヒトの口調は、どこまでも冷静だ。

看板に描かれたお岩が目を開けたと主張した渚紗を、他の劇団員たちは冷めた目で見ていた。渚紗が主演女優であることにプレッシャーを感じて、ノイローゼにでもなったように映ったはずだ。

「すずさんは渚紗さんの心を追い込んだ。そうやって、主演女優の座から引きずり下ろしたかったのかな」

「……嘘。そんなの、違うよね、すず」

渚紗は首を横に振りながらすずに近づいた。そのまま肩に手を置く。

「違わないよ、渚紗」

すずはそれを振り払って、くずおれた姿勢からゆっくりと立ち上がった。もはや、あのほんわかした雰囲気は微塵も残っていない。

「わたしだって、主演のオーディション、受けたもん。いつもは渚紗も一緒に落ちて裏方に回るのに、今回はわたしだけ落ちた……。納得できない！」

「だから、あたしのバッグに呪いの手紙を入れたりしたの？」

「そうだよ。渚紗が自分から役を降りるように仕向けたの。だって、渚紗の演じるお岩って全然怖くない。佐原さんからは稽古のたびに指導を受けてたし、カレンさんも『迫力に欠ける』って言ってたじゃない。怖くないお岩なんて、間違ってる」

「そんなことないです！　お岩にはモデルがいて、とても優しい人なんです。渚紗は誰よりもお岩のことを勉強してます！」

一花は大声ですずの話を止めた。これ以上ひどいことを聞きたくないし、渚紗にも聞かせたくない。

すずはぐっと唇を噛み締めた。

「わたしも、渚紗が本を読み込んでたのは知ってる。努力してオーディションを勝ち抜いたことも、分かってるよ。でも、分かっていても受け入れられないことってあるでしょ。……わたしだってオーディションの前に役作りをしたのに、どうして渚紗だけが受かったの？　渚紗の演じるお岩は、わたしのそれと違うの。認めたくない」

「考え方が違うからって、渚紗を追い込むのはよくないと思います」

「一花……もういい。もういいの」

なおも反論しようとした一花の腕に、渚紗が縋りついてきた。すぐ傍にある細い肩に深い悲しみが載っている気がして、胸が締めつけられる。

「すずがあたしと違う考えを持っているのは仕方ないことだと思う。でも、素晴らしい舞台を作り上げたいっていう気持ちは、同じだよ。あたし、その想いを舞台の上で表現する。

いい演技をして公演を成功させるから。……必ず」

渚紗は声を震わせながらも、まっすぐにすずを見つめた。

すずはしばらく虚ろな目で立ち尽くしていたが、やがて掠れた声が聞こえてくる。

「わたしは渚紗が演じるお岩が大嫌い！　だけど――だけどね、演技をしている渚紗に、なぜか目が引き付けられちゃうの。そんな自分が受け入れられなくて、心が苦しくなった。もう渚紗のお岩を見ないで済むように、無理やりでも辞退させたかった……」

最後にそう告白すると、すずは支度部屋から走り去った。

室内に静寂が訪れる。独特のタッチで描かれたお岩の看板を前にして、しばらくは誰も口を開こうとしなかった。

7

十日後。

青山にあるホールで、劇団・綺羅星の定期公演会が初日を迎えた。

訪れた多くの観客は、主演の渚紗に惜しみない拍手を送った。カーテンコールでは全員が総立ちになり、大歓声が外まで響き渡ったほどだ。

舞台を鑑賞した一花とリヒトは、閉幕後、控室にいる渚紗を訪ねた。今日は林蔵も一緒だったが、駐車場に停めた車を正面に回すと言って、一足先にホールを出ている。

ファンや関係者から届いた花束に半分埋もれていた渚紗は、一花の顔を見るなり抱きついてきた。

「一花。あたし、あたし——最後まで演じられた。ちゃんと、最後まで！」

「うんうん。すごかった。すごくよかったよ、渚紗」

演技を終えたあとの興奮が、まだ鎮まらないようである。

今日、舞台の上に、宮倉渚紗はいなかった。存在していたのは、夫を呪い、同じ分だけ愛していた、お岩という一人の女性だ。

「一花、リヒトくん。謎を解いてくれてありがとう！　あたしが今日、ちゃんと舞台に立てたのは、二人のお陰だよ」

落ち着いてから、渚紗はぺこっと頭を下げた。一花は「とんでもない」と首を横に振る。

「私は何もしてないよ。謎解きは、リヒトさんの専門だから」

リヒトは、一花が夕飯に出したブロッコリーのラーメン風スナック和えを見て、真相に辿り着いたという。

寒さや加熱で色を変えるブロッコリーが、同じように温度によって変化するペン……擦ると消えるペンと結びついたのだ。

鮮やかに謎を解いた貴公子探偵は、今、控室の中を物珍しそうに見回している。一花たちと微妙に距離を取っているのは、友人同士の話を邪魔したくないからだろう。

しかしその配慮は、気の抜けるような声でぶち壊しになった。

「やぁ、君たち、来てくれたのかー」

現れたのは、言わずもがな。副主宰の佐原である。相変わらずへら～っと笑って、一花と渚紗の傍に歩み寄ってきた。

「今回はいろいろ世話になったねぇ。お陰で無事に公演初日を迎えられたよ」

渚紗に嫌がらせをしていたのは、すずだ。

すべての謎が解明されたあと、支度部屋を飛び出していったすずは、それっきり劇団・綺羅星には戻ってこなかった。

後日、佐原のもとにすずの署名が入った退団届が届いたという。簡単な手紙が添えられており、最後に『田舎に帰って少し自分を見つめ直します』と記してあったそうだ。

「ねぇねぇ、そこの君。リヒトくんだっけ。君、うちの劇団に入る気ない？」

一通り主演女優を褒めたたえたあと、佐原は控室の隅にいたリヒトに声をかけた。

「……は？　嫌だよ。僕、演技とか興味ないし」

リヒトは虫けらでも見るような眼差しを相手に向ける。

「そこをなんとか、考え直してくれないかな。君、ルックスがいいから、舞台に立つだけでお客さんが集まる。ファンもたくさん付くだろうし、モテるよ」

それはもう、確実にモテるだろう。

一花が舞台に立つ貴公子の姿をあれこれ勝手に妄想していると、当のリヒトと一瞬だけ目が合った。

「モテるとかモテないとか、そういうの……間に合ってるから」

「そう言わずに、頼むよ。この間は稽古場を見学に来てくれたじゃないか～」

「あのときは見学者を装ってただけだよ。本当は謎解きの調査をしてたんだ」

「だったら、今度は正式に見学に来たらいい。まずは体験入団から……」

「だから、嫌だって」

以降、リヒトと佐原は同じようなやり取りを延々と繰り返している。

一花は渚紗に耳打ちした。

「佐原さん、随分粘るね」

「あー、きっとカレンさんに言われたんだと思う。リヒトくんを勧誘してこいって」

「カレンさんに?!」

渚紗はリヒトたちの小競り合いを楽しそうに眺めつつ、「そう」と首を縦に振った。

「この間、カレンさんがあたしに謝りに来たの。キツく当たったのは主演を取られて悔しかったからだって、正直に話してくれた。……カレンさんね、最近、自分が演技に向いてないんじゃないかって悩んでたみたい」

「ええ、あの人が?」

一花はポカンと口を開けてしまった。自信満々に見えたカレンが、そんな悩みを抱いていたとは意外である。

「それでね、カレンさんは、演じるより劇団をトータルプロデュースする方に興味があるって気付いたんだって。『今後は主宰する側を目指すわ』って言ってた。とりあえずしばらくは、女優を兼ねて運営のノウハウを学ぶらしいよ。副主宰の補佐的な立場になったから、今は佐原さんと一緒に劇団を仕切ってる。……って言うより、カレンさんが佐原さんを引っ張ってるって感じかな」

カレンは当面の目標として、劇団員のスキルアップと新しい才能の発掘を掲げた。そこでリヒトに目を付け、佐原に「何がなんでも彼を勧誘してこい」と号令を発したのだ。

もはやどちらが副主宰なのか分からないが、二人はなんとなく釣り合いが取れているように思える。気の強いカレンが目を光らせている限り、佐原が劇団員の女性に手を出すこともなさそうだ。

「リヒトくん、すごく嫌がってるけど、劇団に入ってくれたら嬉しいな。あの見た目は武器だよね」

未だに「入団して」「嫌だ」を繰り返している佐原とリヒトを眺めて、渚紗が言う。一花もこれにには同意した。

「舞台映えするよね。佐原さんに無理やりステージに上げられたとき、私は全然駄目だったけど、リヒトさんはちゃんと演技できてたし」

よれよれの台本を持たされて無茶ぶりされた記憶は、今でもしっかり胸に刻み込まれている。

あれで一花は、自分がとことん演技に向いていないと自覚した。しかしリヒトはごく自然な感じで台詞を言えていたし、そこそこ形になっていたように思う。

「ああ、あのときかー」

渚紗は「ふふっ」と笑うと、一花にぐっと身を寄せた。

「あのね、一花。リヒトくんはあのとき、演技をしてたわけじゃないと思うよ」

「……え、それ、どういうこと？　演技じゃなかったら、何なの？」

一花は盛大に首を傾げた。

未来の大女優はその質問には答えず、ただ静かに微笑んでいた。

チョイ足し二品目　ディップで飽きないタコさんウインナー

1

二月下旬。

柔らかい日差しが降り注ぐ午前十時。渋谷の豪邸に電話のベルが鳴り響いた。執事の林蔵が受話器を取り上げると、真っ先に聞こえてきたのは……。

『——助けて！　大事件が起きたの。至急現場まで来て！』

切羽詰まった、半ば悲鳴に近い声だった。

貴公子探偵・リヒトは、電話の相手から最低限のことを聞き出すと、すぐさま現場行きを決断。現在は家政婦を伴い、執事の運転する車で都内の道をひた走っている。

一花が松濤の家に派遣され、謎解きに立ち会うようになってから八か月ほど。様々な事件と巡り合ったが、これほど緊急性の高い案件は今までになかった。何が起こっているのか気になるし、とても心配だ。

リヒトも同じ気持ちだろうと思って助手席から後ろを振り返ってみると、意外にもそこには心底つまらなそうな顔でシートに身体を埋める美少年の姿があった。

「リヒトさん、どうしたんですか。これから現場に行くのに、あまり乗り気じゃないみたいですけど……」

難解な謎を前にすると、いつもリヒトは闘志がみなぎる。

人がカロリーを一番多く消費するのは、頭を使ったときだ。普段から食の細いリヒトにとって、謎解きはライフワークであり、食欲を繋ぎ止めるための有効な手段でもある。

だが、今日の貴公子探偵は、謎に挑む前からすでにやる気を失っているように見えた。

一体、なぜだろう。

「さっき電話をかけてきたのは、確か、滝岡虹子《たきおかこうこ》さんという方でしたよね」

一花は林蔵から又聞きした電話の内容を反芻した。

といっても、女性であることと、名前くらいしか分からない。電話の相手・虹子が他に伝えてきたのは『現場』の住所だけだ。

「僕は、その滝岡虹子と一応顔見知りなんだ」

ゆったりした車の後部座席で、リヒトが溜息交じりに言った。

「え、そうなんですか？　ということは、虹子さんもリヒトさんみたいにセレブなんでしょうか」

「……まあ、そう言えるだろうね。滝岡家は江戸時代は幕臣で、都内にかなりの土地を持ってる。家系には優秀な学者や医者が多かったみたいだ。当主の蓮寿郎《れんじゅろう》氏も、大学の教授をしてる。僕はその蓮寿郎さんと、ちょっと親しくしててね。虹子さんは彼の兄の娘……つまり姪だよ」

「へぇー、リヒトさん、大学の先生と仲がいいんですね」

「蓮寿郎さんはミステリー好きなんだ。僕が謎解きをしてると聞いて、あっちからアプローチしてきた。扱った事件について話を聞きたいらしくて、時々滝岡家のパーティーに呼ばれる。気さくでいい人だよ。だいぶ歳が離れてるけど、僕のことを子供扱いしないで、対等な友人と思ってくれてる」

リヒトの顔に、ほんのりと笑みが浮かんでいた。それだけで、まだ見ぬ蓮寿郎の人柄が窺《うかが》える。

しかしその微笑みをすぐに消し、リヒトは肩を落とした。

「電話では大事件だって言ってたけど……多分、下らないことだと思うよ」

「え、話を聞く前からそんなことが分かるんですか？」

一花は助手席で首を傾げた。

「滝岡虹子は、そういう人物なんだ。昔からちょっとのことで大騒ぎする。確かもう大学院生だったはずだけど、性格は変わってないんじゃないかな。日本のことわざで言うなら『三つ子の魂百まで』さ。林蔵も、そのあたりのことは知ってるよね」

リヒトはハンドルを握っている執事に声をかけた。

「相違ございません」

林蔵も虹子に会ったことがあるらしい。その簡潔な返事で、一花にもなんとなく『依頼人』の様子が想像できる。

「下らないと分かっているのに、わざわざ現場に赴いてお話を聞くんですか？」

そう尋ねると、嘆くような声が返ってきた。

「蓮寿郎さんの姪だからだよ。彼とは親しくしてるし、話くらいは聞いておいた方がいいと思って」

でも、あまりにも依頼内容がひどかったら帰る。

リヒトが決意を告げたとき、車は目的地に到着し、静かに停止した。


「お金ならあるわよ」

びっしりと本が詰まった棚を背景に、滝岡虹子がまず口にしたのはこんな台詞だった。

一花が面食らっていると、虹子はずいっと身を乗り出して、さらに言う。

「調査料は、リヒトくん……いえ、名探偵さんの言い値で払うわ。だから助けて。私、本当に困ってるのよ」

ふんわりしたロングスカートとモヘアのニットを纏った虹子は、大学院の国文学科で学ぶ二十四歳。籍を置いているのは、千代田区にある私立慶明《けいめい》大学の『滝岡研究室』だ。

名前からも推察される通り、滝岡研究室の室長は、虹子の叔父でリヒトの知人・滝岡蓮寿郎教授である。

虹子の顔立ちは華やかで、オレンジ系の口紅がよく似合っていた。長い髪を複雑な編み込みにしていて、ビジューがふんだんに使われたバレッタで留めている。一花よりやや小柄だが、ある種独特の存在感があって、対峙していると妙な圧迫感がある。

その原因の一つが、話すときにいちいちぐっと前のめりになる癖だろう。

「私がちょっと目を離した隙に、大変なことが起きたのよ」

虹子はまたも身を乗り出してきた。その勢いのまま続きを話そうとしたが、リヒトが手ぶりで制する。

「ちょっと待ってよ虹子さん。……まず、君の隣にいる人は、誰？」

虹子のすぐ横に青白い顔の男性が座っている。

リヒトが指さしたことで、一花はその存在をようやく認識した。実は最初からそこにいたのだが、虹子の印象が強烈すぎて、すっかり影が薄れていたのだ。

「ああ、彼は谷之内《やのうち》響斗《ひびと》さん。この研究室に所属してる助教よ。私より四つ年上」

谷之内のプロフィールは分かったが、喋っていたのは虹子で、本人は一度も口を開いていない。

虹子の強烈さに少し慣れてきたところで、一花は改めて今いる場所……滝岡研究室の中を見回してみた。

まず目を引くのは、いくつもある大きな本棚だ。一番奥に『滝岡蓮寿郎』というプレートがついた大きなデスクがあり、その手前には院生や助教用と思われるスチール製の机がいくつか置かれている。

滝岡教授のデスクの傍には、ガラスの扉が付いた木製のキャビネットが見えた。デスクが集まった場所から少し離れた位置に来客用のスペースが設置されていて、一花たちはそこにいる。

来客用スペースといっても、あるのは二人がけのソファーが二つと小さなテーブルが一つのみ。虹子と谷之内がそのうち一つに並んで座り、向かい側のソファーはリヒトが一人で使っている。

一花と林蔵は主の背後に立つ形だ。室内にいるのはこの五人だけである。

「……それで、何があったのかな。電話では『大事件』って言ってたけど」

リヒトが虹子に事情を尋ねた。本当は聞きたくないけど、しぶしぶ……というのが背後にいる一花にも伝わってくる。

「あのね、蓮寿郎叔父さまは今、学会で東北に出張中なの。研究室のメンバーはだいたいみんな同行してるんだけど、ここを空っぽにするわけにいかないから、私と谷之内さんで留守番をしているのよ。叔父さまは出かける前、『室内の管理はしっかり頼む。ものを失くしたり、散らかしたりすることのないように』って言い残していったわ」

「まぁ、当たり前のことだよね、それ」

リヒトがズバッと言いきった。

一花も同意である。留守中にものを失くさないなど、言われなくても分かりそうなものだ。ましてや研究に使う部屋を散らかすなど言語道断。

「叔父さまは特に、部屋の鍵を開けっ放しにするなと口を酸っぱくしてたわ。もちろん、ちゃんと言いつけは守っていたわよ。でも、人間なら誰しもミスはするでしょう……」

「つまり、虹子さんたちは部屋を出るとき、施錠を忘れてしまったんだね」

だんだん雲行きが怪しくなってきたところで、貴公子探偵が簡潔に話をまとめた。

虹子はムッと口を尖らせて、隣に座っていた谷之内の腕をぐいぐい引っ張る。

「谷之内さんが悪いのよ。無言で席を立つから。谷之内さんの机にはデスクトップのパソコンがあって、作業中の彼の姿はモニタに隠れちゃうの。午前九時半ごろ、私はお茶をしに行こうと思って、谷之内さんに『外に出てきます』って声をかけたんだけど……」

そのとき谷之内はすでに離席していた。虹子は彼がパソコンに齧りついていると思い込み、誰もいない空間に向かって声をかけたあと、施錠しないまま部屋を出たのだ。

「それでね、私が近くのカフェでお茶をしてたら、谷之内さんから電話がかかってきたの。『研究室のドアが開けっ放しになってて、誰かが侵入した形跡がある』って言われて、びっくりして飛んで帰ったわよ」

虹子が「お前のせいだ」と念を押すように、隣を睨む。

リヒトも、肩を竦めてしょげ返っている谷之内に目をやった。

「谷之内さんは、席を立ってからどこへ行ってたの？」

「……ぼ、ぼくは、研究室と同じ建物の中にある、書庫に」

一花はここで谷之内の声を初めて聞いた。というか、今までまともに顔すら見ていなかった。

　谷之内は、紺色のセーターにチノパン姿。黒いフレームの眼鏡をかけているが、前髪が長すぎてその半分が隠れてしまっている。細身でやたらと顔が青白く、始終おどおどして見えた。声も小さめで、やや聞き取りにくい。

「谷之内さんが書庫から帰ってきたらこの部屋のドアが開いてて、虹子さんはいなかったんだね。『誰かが侵入した形跡』があったみたいだけど、具体的にどういうこと?」

　リヒトに重ねて質問されると、谷之内は青い顔をさらに青くして話し出した。

「……書庫から戻ってみたら、研究室のドアが開けっ放しになってた。慌てて部屋に入ったら中はもぬけの殻で、そこのキャビネットの扉が少しだけ開いてたんだ。泥棒が入ったと思った。ぼくはもう、この世の終わりだという気がして……」

「カフェにいた私に、泣きながら電話してきたのよ」

　今も半泣きの谷之内に代わり、虹子が続きを引き取った。

　問題のキャビネットは、普段は蓮寿郎が中身の管理をしていたそうだが、留守中は谷之内と虹子がその役目を担っていた。

　そこまで話を聞いたリヒトは、目を少し鋭くする。

「一つ聞いてもいいかな。見る限り、あのキャビネットには鍵が付いてるよね。ここに侵入者がやってきたとき、施錠はされてなかったの？　蓮寿郎さんはきちんとした人だよ。普段からロックしてたと思うんだけど」

「いつもは、ちゃんと鍵がかかってる。けど……昨日、中に入ってる資料が見たくて、ぼくがキャビネットを開けたんだ。そのあと、施錠を忘れてた……」

谷之内は声を絞り出し、とうとう頭を抱えてしまった。

あまりの不用心さに、リヒトと一花と林蔵も揃って大きな溜息を吐く。

「谷之内さんったら、何てことしてくれたのよ！　キャビネットの施錠を忘れるなんて、うっかりにもほどがあるわ！」

虹子が谷之内の背中をパァンとはたいた。

自分だって部屋のドアに鍵をかけないまま外出したのに……と一花は思ったが、ここは黙っておく。

「キャビネットにはどんなものが入ってた？　それから、この部屋に資産価値のあるものは置いてあったのかな。……というか、侵入者は一体、何を盗んでいったの？」

谷之内を責める虹子を止めつつ、リヒトは話の続きを促した。もうこの時点でかなりうんざりしている様子だ。

虹子は谷之内の背中に八つ当たりするのをやめ、ソファーに座り直した。

「キャビネットに入っていたのは、叔父さまが個人で集めた新聞記事のスクラップとか、細かな資料よ。学生が出したレポートの束もごっそり入ってるわ。あとは……希覯《きこう》本かしら。この部屋で一番資産価値があるものよ」

「希覯本？　それって、古書か何かかな」

リヒトは肩をピクリと震わせた。

「文学作品の初版本よ。叔父さまが大事にしていたの。タイトルは……」

虹子が本の題名を口にした途端、貴公子探偵は渋い顔つきになった。一花の隣にいる執事も、主と同じような表情を浮かべる。

「あの、林蔵さん。希覯本って何ですか？」

一花は小声で尋ねた。

「希覯本というのは、世にほとんど流通していない珍しい本のことです。存在が稀なだけに、とても価値があるのですよ。先ほど虹子さまが仰った文学作品の初版本も、貴重なものです。値段を付けるとしたら……おそらく、一冊につき数百万円は下らないかと」

「す、数百万円――?!」

途方もない金額が飛び出して、一花はひっくり返りそうになった。なんとか倒れないようにふんばり、慌てて虹子に目を向ける。

「まさか、そのご本が盗まれちゃったんですか?!　大変じゃないですか！」

本一冊に数百万とは驚きだが、そんなものが盗まれたのならここでのんびり話をしている暇などない。被害額があまりにも大きすぎる。

……と思ったのだが、焦る一花をよそに、虹子は悠然と言った。

「希覯本は無事だったわ。叔父さまがキャビネットの中に表紙を見せるようにして飾ってたんだけど、触れられた形跡はなかった」

「えっ、そうなんですか?」

一花の肩からどっと力が抜けた。虹子はさらに補足する。

「ついでに言うとね、キャビネットには貯金箱も置いてあったのよ。研究室のメンバーがちょこちょこ小銭を入れていて、ある程度の金額になったら慈善団体に寄付する予定だったの。もう二万円くらいは貯まってたはずだけど、その貯金箱も無事だったわ」

「じゃあ、何が盗まれていたのかな」

リヒトのその問いに対し、答えは返ってこなかった。……いや、答えが『なかった』という方が正しい。

虹子はただ、首を横に振った。それから一言。

「何が盗まれたか分からないの」

一花たちは揃って唖然とした。

リヒトが辛うじて「どういうこと?」と疑問をぶつける。

「私と谷之内さんで調べたんだけど、出入り口のドアとキャビネットの扉が開いてた以外、特に異常はなかったわ。少なくとも、金銭的に価値のあるものは盗まれていないの」

「……だったら、なぜ僕をここに呼びつけたの? 何も盗まれてないなら、それでいいじゃないか」

リヒトの言うことはもっともだと一花は思った。しかし虹子は「甘いわ!」と拳を握り締める。

「私は『何も盗まれてない』と言ったんじゃなくて『何が盗まれたか分からない』と言ったでしょ。室内を確認したのは短い時間だし、まだ見落としがあるかもしれないじゃない。あとから何かなくなっているのが発覚したら、大目玉だわ。だから叔父さまが帰ってくる前に……明日の朝までに、何が盗まれたかリヒトくんに突き止めてほしいの！」

「何が盗まれたか突き止めるって……しかも、明日の朝――」

不満げに口を挟んだリヒトを遮って、虹子は胸の前で手を組んだ。

「リヒトくん、お願い、助けて！　この際、犯人はどうでもいいの。大事にしたくないから捕まえる気はないし。とにかく、私たちが鍵を開けっ放しにしたことが叔父さまにバレなければそれでいいのよ。盗まれたものが判明したら、私が同じものを買ってくるわ。そうすればごまかせるでしょ。だから、この部屋から何が盗まれたか突き止めて！」

それって、隠蔽工作というのでは……。

怒濤のように溢れ出る『バレなければオールＯＫ』の精神に、一花はもはや突っ込む気力を失っていた。

散々持論を展開したあと、虹子は高らかにこう言い放った。

「依頼を引き受けてくれたら、お礼は弾むわ。――私、お金ならあるわよ」

2

「少し研究室の中を調べてみるよ」

貴公子探偵は、執事兼助手とともに室内のチェックを始めた。

一花も手伝おうと思ったが、ここはさほど広い部屋ではなく、また、どういう点に気を付けて見たらいいかも分からない。手を出さずに、虹子や谷之内と立ち話をしながら待つことにする。

「私のパパ、お医者さんなのよ。だからお金には困ってないの」

聞いてもいないのに、虹子は自分のことをぺらぺら話してくれた。

虹子の父親、つまり蓮寿郎の兄は、大病院の院長を兼ねる内科医。虹子は家族や使用人たちに囲まれて何不自由なく育ったお嬢さまで、慶明には幼稚舎から通っており、大学院までストレートで進学したという。

しかし、勉強がしたいから院に籍を置いているわけではないらしい。

「学生じゃなくなったら働かなくちゃいけないでしょ。うちはお金持ちだからお給料なんて必要ないけど、勉強もしないし働いてもいないんじゃ、周りからヒソヒソされちゃう。だから、まだしばらくは学生でいるつもりよ」

叔父のいる滝岡研究室に虹子が所属することになったのは、彼女の両親が過保護だからだ。虹子に悪い虫が付かないよう、蓮寿郎がお目付け役にされているのである。

「叔父さまは普段は優しいけど、仕事や勉強のことになると厳しいの。私が研究室でちょっとでも休んでいたら、『ここは勉強をするところだ』ってすぐ怒るんだから。少しも気が抜けないわ。ねぇ、谷之内さん」

虹子は頬を膨らませて谷之内に視線を送った。

「ぼ、ぼくは、そういうことで怒られたことないけど……研究のことでは『詰めが甘い』と言われたりする。あと、学生からも『滝岡教授は厳しい』っていう声が上がってる」

谷之内は相変わらず、青白い顔でおどおどしている。

「学生さんからも言われるなんて、滝岡教授は本当に厳しいんですね。ところで谷之内さんは、どうして大学院に進学されたんですか？」

虹子のことは嫌というほど理解できたので、一花は今度は谷之内に話を振った。

「ぼくは、国文学をもっと学びたかったから……。滝岡教授は厳しいけど、近代文学の研究者としては素晴らしい実績がある人で、学部生だったときから、ぼくはこの研究室に入りたいと思ってた」

まともだ。ものすごくまともだ。

虹子が進学した理由を聞いたあとだけに、谷之内の純粋な動機が輝いて見える。

「谷之内さんも、滝岡教授みたいな教授を目指しているんですか？」

そう尋ねると、谷之内はぶるぶると頭《かぶり》を振った。

「ぼ、ぼくは、教えるの、駄目だから。人前に立つとあがるし、上手く教える自信なんてないし……」

確かに駄目そうですね……と正直に言うわけにもいかず、一花は「はぁ、そうなんですか」と曖昧な返事をした。

「ねぇ、ちょっといいかな」

やがて、キャビネットの前に立っているリヒトが滝岡研究室の二人を手招きした。一花もついていく。

「このキャビネットの鍵は、どこにあるの？」

リヒトが尋ねると、谷之内はズボンのポケットをまさぐって小さな鍵を取り出した。

「普段は滝岡教授が管理してるけど、今日は、ぼ、ぼくが……。部屋を出て書庫に行ってたときも、ぼくのポケットの中に入ってた」

もっとも、そうやって肌身離さず持ち歩いていても、扉を施錠していなければ意味がないのだが。

「キャビネットの中身について何か変わった点はないかな。例えば、動かされているものがあるとか」

貴公子探偵の質問を受けた虹子と谷之内は、互いに顔を見合わせた。二人を代表して、虹子が答える。

「希覯本は少しも動かされてないわ。貯金箱とか資料もそのままよ。学生のレポートも変わりないと思うけど、正直、気にしてなかったわね。単なる紙の束だもの」

今、キャビネットの扉は開け放たれている。

一番見やすい位置に、レポート用紙の束がどんと置かれていた。幾枚かの紙をホチキスで留めたものがたくさん積んであるのだが、重ね方が少し雑なせいで、余計に幅を取っている。

希覯本も、貯金箱も、手を伸ばせば届く場所に置いてあった。盗ろうと思えばなんでも盗れる。なのに、みんな無事だ。

もろもろのことを確認すると、リヒトは顎の下に指を添えた。

「この部屋にはドアの他に窓があるけど、さっき林蔵と一緒に調べたら、少し錆びついて半分しか開かなかった。だから、侵入者はドアから入ったとしか考えられない。誰か、この部屋の周りをうろつく怪しい人物を見た人はいないかな」

滝岡研究室の二人は揃って首を横に振った。

だが、しばらくして谷之内がおずおずと口を開く。

「ぼくは誰も見なかったけど、書庫から帰ってくるとき、廊下で何人かの学部生たちとすれ違ったよ。多分、この研究室棟にコピーを取りに来たんだと思う。彼らなら、何か目撃してるかもしれない。中に一人、髪を赤く染めた男子がいた」

時期によっては、機械の前に人だかりができることもあるそうだ。

勉強に必要な資料を複写するために、学部生の校舎にはコピー機が何台か置いてある。

いっぽう、滝岡研究室のある研究室棟にもコピー機が設置されている。メインで使うのは大学院生や教授たちだが、学部生も使用していいことになっているらしい。

「谷之内さんがすれ違った学生たちに話を聞きたいな。彼らの名前は分かる？」

リヒトの問いに、谷之内はやんわりと首を横に振った。

「名前までは知らないけど、多分、滝岡教授の講義を取っている学生だと思う。『タキオカって鬼だよな』とか『タキオカの単位落としたわー』と言ってたから」

「その学生たちは今、どこにいるんだろう」

これには虹子がすかさず答えた。

「今の時間なら、学食に行けば会えるんじゃないかしら。ちょうどお昼時だし。うちの学食、そこそこ美味しいって評判なのよ。まぁ、私はあんな安いもの食べないけど」

お嬢さまの食の好みはおいておくとして、とりあえず次の行き先は決まったようである。


滝岡研究室には本がぎっしり詰まった棚がいくつかあるが、蓮寿郎は何千冊もある書籍のリストをきっちり作っていた。

「侵入者が本棚に手を付けた形跡はないけど、一応全部確かめた方がいいと思う」

リヒトの提案を受け、林蔵と虹子と谷之内は、リストをもとにチェック作業を進めることとなった。

いっぽう、一花とリヒトの任務は、谷之内が言っていた赤髪の男子学生たちに聞き込みをかけることだ。目指すのは、人が集まっていそうな学生食堂。略して学食である。

「私の母も学食で働いてるんですよ。ここと別の大学ですけど」

一花たちは二人並んで慶明大学のキャンパスを歩いた。

構内には、さっきまでいた研究室棟の他に、校舎が四つと図書館、サークル棟、そして購買部や学食が入った建物がある。

「一花のお母さんは、調理師をしてるんだっけ」

「はい。給食センターとか料理屋で働いていたこともあるみたいですけど、学食での勤務が一番長いです。確か、勤続二十五年くらいだったかと」

「へぇ、それはもうベテランだね」

三百メートルほど歩いて、学食のある建物についた。ガラスが多用された瀟洒《しょうしゃ》な外観で、学生食堂というよりカフェテリアと呼んだ方がしっくりくる。

中はとても広かった。食券を購入して、自分で食器を下げるセルフサービス方式が採用されているようだ。

「うわー、結構メニューが豊富ですね」

一花は券売機を眺めて少し驚いた。

蕎麦やうどん、どんぶり物などのお手軽一品メニューを始め、和洋中の定食やデザートまで豊富に揃っている。

値段はとても良心的だった。一番高いのはステーキセットだが、それでも九百八十円だ。

ティータイムを想定しているのか、ドリンク類も種類が多い。

「え、何これ。ウインナー丼……？」

券売機の横には、いくつかのメニューの写真が貼り出されていた。一花はそのうちの一枚に釘付けになる。

ウインナー丼——その名の通り、どんぶりに盛られた白米の上にウインナーがどーんと載った、ワイルドかつシンプルな一品だ。

数あるメニューの中で、このウインナー丼が最も安い。日替わりスープ付きで二百八十円という驚きのお値段である。

「一花」

リヒトに肩を叩かれて、一花はメニューの写真から視線を外した。すんなりした指が示す方を見ると、鮮やかな赤い色の髪が目に飛び込んでくる。

「谷之内さんが研究室棟で見かけた赤い髪の学生って、あの人じゃないかな」

「きっとそうですよ！」

学食内にはたくさんのテーブルがあり、多くの学生が食事をとったり談笑したりしていた。一花とリヒトはその間を縫うようにして、赤髪の男子がいる方へ移動する。

「君たち、ちょっといいかな」

辿り着いたテーブルには、赤髪の男子の他に男子がもう一人、そして女子学生が二人いた。貴公子探偵は四人を見回しながら、とびきりの営業スマイルを繰り出す。

「え、やだ、かっこよくない？」

「こんな人、うちの大学にいた?!」

　女子たちは身を寄せて囁き合っていた。男子学生二人もポカンと口を開け、漂ってくる貴公子オーラに圧倒されている。

「君たち、滝岡教授の講義は取ってる？」

　リヒトは空いていた席に腰を下ろした。一花も隣に座る。

「と、取ってるけど、なんで？」

　赤髪の男子が、突然現れた美少年をまじまじと見つめながらしどろもどろに答えた。やはり、谷之内が言及していた学生たちで間違いないようだ。

「僕と、ここにいる一花は、来年滝岡教授の講義を受講しようと思ってるんだ。その前に、今年の受講者から話を聞いておこうと思って」

　言いながら、リヒトが一花に軽く目配せした。どうやら、二人で慶明大学に通う学生を装う作戦らしい。ここは、黙って貴公子探偵に従うことにする。

「あ、何？　二人とも俺らと同じ国文《コクブン》学科なの？　見かけたことないけど。まぁ、うちは学生が多いから、顔を合わせない奴もいるか。……いやーでも、タキオカの講義ねぇ。うーん。どうよ、みんな」

　赤髪の男子は、テーブルにいた残りの面子を見回した。全員の顔に、なんとも微妙な表情が浮かぶ。

やがて、女子学生の一人が静かに口を開いた。

「やめた方がいいと思うよ。かなり厳しいから。あたしたちは必修の関係で滝岡先生の講義をどうしても取らなきゃいけなかったんだけど、本当は避けたかった」

もう一人の女子がすかさず同意した。

「そうそう。滝岡教授の講義は出席を必ず取るし、代返もできないようになってるの。特段の事情がない限り、五回欠席したら単位は出ない。レポートもテストもガチで勉強しないと合格点が取れないし、シビアだよ」

「タキオカは、俺らの間では『国文学科の鬼』って言われてるからな」

苦笑交じりに補足したのは、赤髪男子の隣にいたアップバングヘアの男子だ。

学生たちの話によると、蓮寿郎の講義はとてもハードで、学生たちは毎回大量の予習・復習に追われるらしい。さらに、事あるごとにレポートが課され、提出しないと評定は容赦なく不可。つまり単位を落とすことになる。

「レポートはこの日の何時までに提出！　ってかなり厳格に決められてるんだ。一秒でも遅れたら、泣いても喚いても土下座しても受け取ってもらえない。つまり、その時点で零点ってこと。だから毎年、タキオカの講義で単位を落とす奴が大量発生する」

アップバングの男子はぼやくように説明したあと、「俺、タキオカの講義、今年は駄目っぽい」と肩を竦めた。

「お前、この間のレポート提出できなかったからな。ま、来年再履修するしかないよ」

赤髪の男子が、アップバング男子の背中をバンバン叩いて励ます。

「どうして君は、レポートが出せなかったの？」

リヒトは真顔で向き直った。

「タキオカのレポート、マジで厄介すぎるんだよ。参考文献を山ほど読み込まないといけないしさ。いつもは手伝ってくれる奴がいて、締め切りの前にそいつのところに行けば乗り越えられたんだ。何せ、半分くらいは丸写しさせてもらえたからな」

話を聞けば聞くほどげんなりしてくる。勉強への意欲がまるで感じられない。

リヒトも一花と同じ気持ちだったらしく、「丸写し？」と眉を吊り上げた。アップバングヘアの男子は「それが何か？」というような顔をする。

「半分は丸写し、残りは適当に書いて、今までなんとか及第点を取ってたんだ。なのに今回は、頼りにしてた奴がレポートの締め切り前に一週間も大学を休みやがってさぁ。結局手伝ってもらえなくて、俺はレポートを出せなかった」

「丸写しなんてしないで、自分で課題に取り組めばよかったじゃないか」

リヒトは至極もっともなことを言ったが、アップバング男子は鼻で笑い飛ばした。

「あー、無理無理。ダルい本とか読んでる暇ないって。なぁみんな」

「まーな。タキオカの講義を真面目にこなしてたら、貴重な学生生活が勉強だけで終わるよ。俺、テニスサークルに入ってるからそっちで手一杯だしさ」

赤髪の男子は、アップバングヘアの友人と同じノリで椅子にふんぞり返る。

残った女子たちも口々に「遊ぶ暇がないのはちょっとね」「キツいよね」と顔を見合わせていた。

「――君たち、午前中に滝岡研究室のある棟へ行ったよね？」

リヒトはやや声を張り上げた。延々と続きそうな愚痴を止め、話題を変えることにしたようだ。

「研究室棟？　ああ、そういえばみんなで行ったな。院生用のコピー機を使ったんだ」

赤髪の男子が残る三人を見回しながら首肯する。

「そのとき、君たちの傍に誰かいなかった？　あと、何か変わったものを見たりしてないかな」

「は？　変わったもの？　なんでそんなこと聞くんだ？」

逆に問い返された。

滝岡研究室に泥棒が入ったかもしれないので目撃者を探している、と正直に言えたらいいのだが、そんなことをしたら噂が広まって、蓮寿郎の耳に届いてしまう危険性がある。虹子たちは事件が明るみに出るのを恐れていたので、本当のことは伏せておきたい。

貴公子探偵はこの場をどうやって凌ぐのだろう……一花がそう思っていると、当のリヒトに突然肩を叩かれた。

「実は一花が、午前中、研究室棟で財布を落としたんだ。拾ってくれた人がいないか探してててね。滝岡研究室の助教が君たちのことを見かけたって言ってて、講義について質問するついでに、何か知ってることはないか聞いておこうと思ったんだ」

　貴公子探偵の立て板に水のような言い方に、一花はひたすら感心した。聞き込みのためとはいえ、よくもまぁこんな作り話を思いつくものだ。

「全財産を失くした一花のために、見聞きしたことを思い出してほしいな」

「私からもお願いします。財布を落として本当に困ってて……はっっっくしょん！」

　リヒトに加勢しようとしたら、思いっきりくしゃみが出た。これ以上嘘を言うとさらにひどいことになるので、一花は口を噤んで頭をぺこぺこ下げる。

　アップバングヘアの男子が、憐れむような顔つきで言った。

「変わったものなんて見てないし、財布は落ちてなかったけど、あの時間なら浦井《うらい》も研究室棟にいたな」

「浦井？」

　語尾を上げたリヒトに、女子学生の一人がぐっと顔を近づける。

「あそこの席にいる男子だよ。ほら、窓際のところ」

　言われた方を見ると、チェックのシャツを着た男子学生が一人で教科書らしきものを広げていた。

「あいつ、浦井信吾《しんご》っていうんだ。俺たちと同じ国文学科だよ。タキオカの講義も取ってる。あいつも午前中、研究室棟にいたぞ」

　赤髪の男子が浦井にちらちら視線を送った。アップバングヘアの男子も同様にしつつ、ポンと一つ手を叩く。

「そうだ、タキオカのことなら浦井に聞くといい。あいつ、いつも一番前の席で熱心に講義を受けてるんだ。時々タキオカの研究室にも質問に行ってるみたいだしな。実は、毎回俺のレポートを手伝ってくれてたのって、あの浦井なんだよ」

手伝ってくれたのではなく、丸写しさせてくれた、の間違いである。

「浦井くん『は』真面目なんだね」

「ああ。馬鹿が付くほど真面目だな。飲み会とか一応誘うんだけどさ、勉強とバイトで忙しいからって、いつも断られる」

リヒトの口調には皮肉がたっぷり込められていたが、アップバング男子はそれに全く気付いていないようだ。

「分かった。じゃあ、浦井くんに話を聞いてみるよ」

これ以上何を言っても無駄だと思ったのか、リヒトは腰を上げた。そのまま身を翻そうとしたが、女子学生に「待って」と止められる。

「ねぇ、SNSのアカウント交換しない？　同じ学科みたいだし、仲よくなりたいな。映画とか好き？　今度一緒に遊びに行こうよ！」

俗にいう、逆ナンパ。この女子学生はなかなか積極的なタイプらしい。

リヒトは僅かに眉根を寄せたあと、とびきりの笑顔を……なぜか一花に向けてきた。

「悪いけど、そういうの間に合ってるんだ。僕は一花の『彼氏』だから」

「は？　え？　リ、リヒトさん?!」

今、なんて？

……と聞く余裕もなく、リヒトは一花の手を取って立たせた。間髪容れず、身体をぎゅっと引き寄せる。

「あ、あのリヒトさ……」

「――ああいうタイプには、恋人がいるって言っておかないと面倒だから。話を合わせて」

耳元で囁かれて、一花は抵抗するのを諦めた。

窓際の席に辿り着くまで一分。その間ずっと足取りがふわふわして、肩に触れた手が妙に熱いと感じた。

3

窓際の席にいた浦井の傍に立つと、リヒトは一花の身体をようやく解放した。離れたはずなのに、触れられていた箇所がまだほんのり熱を持っている。

「こんにちは。浦井信吾くんだね」

リヒトが笑顔で話しかけると、浦井は「え？　誰？」と首を傾げ、少しぽーっとなった。容姿端麗な貴公子を見ると、だいたいがこの反応になる。

「僕は東雲リヒト。こっちは彼女の一花。浦井くん。君に聞きたいことがあるんだ」

リヒトにさらりと恋人扱いされて、一花は一瞬「えっ！」となったが、なんとか顔に出さずに済んだ。

（この設定、いつまで続けるんだろう）

あくまで彼女（偽）と分かっていても、いちいちドキドキしてしまう。

「俺に聞きたいことって何？」

浦井は黒髪を短く刈り込んでいて、顔立ちがすっきりしたなかなかの好青年だ。教科書らしきものを手にしていたが、それをきちんと閉じて姿勢を正している。

二人用のテーブルには他にノートや筆記用具が出ていて、隅の方には食べ終えたカップ麺の容器が置いてあった。

「勉強中だったみたいだけど、大丈夫かな」

リヒトがテーブルの上を指さすと、浦井は気さくな笑みを浮かべた。

「ああ、平気だよ。次の講義の予習をしてたけど、もうほとんど終わってたから」

「そうか。じゃあちょっと聞くけど……」

リヒトはさっき赤髪の学生たちに披露した作り話……一花が研究室棟で財布を落としたという旨を手短に説明してから本題に入った。

「別の学生たちに聞いたけど、浦井くんも午前九時半ごろ研究室棟にいたんだって？　そのとき誰か傍にいなかった？　何か変わったものは見なかった？」

「うーん、研究室棟には行ったけど、時計を確認したわけじゃないから、正確な時刻は分からない。同じ講義を取ってる人たちとすれ違ったのは覚えてるけど、それ以外はよく見てなかったなぁ。特に変わったものはなかったと思うけど。東雲くんの彼女が落とした財布も、心当たりがない。力になれなくてごめん」

ぺこりと頭を下げられて、一花も慌ててお辞儀を返した。本当は財布なんて落としていないので、気を遣われると恐縮してしまう。

ひとまず有力な情報はなさそうだ。リヒトもそう思ったのか、別の話を振った。

「そういえば、浦井くんは滝岡教授の講義を受けてるんだよね？　すごく熱心だって聞いたよ。滝岡研究室に質問をしに行ったりしてるんだって？」

アップバングヘアの男子が、さっきそんなことを言っていた。わざわざ研究室を訪ねるなんて、勉強への熱意が感じられる行動である。

「滝岡先生は厳しいけど、俺が質問すると時間を割いて丁寧に教えてくれる。参考文献を貸してくれたりもするんだ。だから俺は、時々研究室に行ってる。……今日は、教授はいないみたいだったけど」

「ああ、滝岡教授は学会で地方に出張中だからね」

「それでいなかったのか。……そっか」

浦井は独り言のように呟いて、手元の教科書に一瞬目を落とした。

リヒトもブルーの瞳を同じものへ向ける。

「君は、真面目に勉強してるんだね。そうじゃない人もいるのに」

そうじゃない人、のところで、リヒトはちらりと赤髪の学生たちを振り返った。浦井は「はは」と笑って、短く刈り込まれた頭に手を当てる。

「真面目なんじゃなくて、切羽詰まってるだけだよ。俺、奨学金をもらってるんだ。成績が下がると打ち切られる可能性があるから、手が抜けない。俺の実家、あんまり余裕がなくて、生活費もバイトで稼いでるんだ。森《もり》くん……あ、あの赤い髪をした森くんたちがたまに飲み会に誘ってくれるけど、参加してる暇ないんだよね」

「それは、大変そう」

一花は思わず口を挟んだ。

六畳二間の家で育った一花も、奨学金をもらって学校に通った。俄然、浦井に親近感が湧いてくる。

そのとき、トレイを持った別の学生が一花たちの近くを通った。手にしていたのは、この学食で一番リーズナブルなメニュー。ウインナー丼である。

一花はトレイの上をまじまじと見つめてしまった。たっぷり盛られたご飯の上に、ウインナーが鎮座している。ケチャップとマスタードが添えられていた。写真より実物の方が何倍も迫力がある。

一花の視線を追った浦井が、ふっと息を吐いた。

「俺にとって、学食のウインナー丼は贅沢品だよ。昼飯はもっぱらカップ麺だし」

奨学金をもらい、生活費をアルバイトで賄っている浦井のモットーは、できる限り節約をすること。

そのため、朝と夜は自炊をしているそうだ。本当は昼食もそうしたいのだが、アルバイトと勉強に忙しく、弁当を作るだけの時間的余裕がないらしい。

代わりに激安のカップ麺を持参し、学食でお湯をもらっているという。浦井にとっては、二百八十円のウインナー丼でさえ、なかなか手が出ない代物なのだ。

「業務用スーパーだと、カップ麺が八十円くらいで買えるんだ。まとめ買いすると、もう少し安いかな」

浦井は平然と言ったが、一花は少し心配になってきた。

「それで足りるの？　食べ盛りなのに」

「安い駄菓子も一緒に買ってるから足りるよ。昼食は二百円以内に収めてる。俺、独り暮らししてるんだけど、実家から野菜と米が送られてくるんだ。朝と夜はそれで自炊してるし、バイトがある日はまかないも出る。昼は、腹が膨れればそれでいいや」

「そっか……なら、平気だね」

一花はひとまずホッとした。実家から送られてくる食材やまかない飯があれば、栄養のバランスは取れそうだ。

しかし、昼食をカップ麺で凌いでいるのを見ると、やはり切なくなる。一花も格安の食材で育ってきたので、どうしても浦井と自分を重ねてしまう。

「勉強も頑張ってるのに、アルバイトもあるなんて、大変だね」

「大丈夫だよ。俺が自分で選んだ道だから。俺の実家は北陸で、進学するなら地元の国立大学に行くって手もあったけど、どうしても慶明がよかった。この大学は設備が充実してるし、ここでしか学べないこともある。滝岡教授の講義も、その一つなんだ」

浦井はきっぱりと言いきったあと、ふっと肩から力を抜いた。

「……でも正直、そろそろカップ麺に飽きてきてる。これ以上安い食べ物はないし、買いだめもしてるから、我慢するしかないかな」

「なら、ポテトチップを入れるといいよ」

ふいに、リヒトが口を挟んだ。浦井に優しい眼差しを向けている。

「ポテトチップ……？　それをカップ麺に入れるってこと？」

浦井の顔には疑問符が浮かんでいた。

「そうだよ。お湯を注いでから、麺が隠れるくらいの量のポテトチップを上に載せるんだ。スープの味が染み込んで、ジャガイモのほくほくした風味を感じるよ。ポテトチップを加えるだけで、カップ麺が格段に美味しくなる。――そうだよね、一花」

「は、はい！」

振り返ったリヒトに、一花は夢中で頷き返した。

『ポテトチップ　ｏｎ　ｔｈｅ　カップ麺』は、一花がかつてリヒトに出したチョイ足しメニューである。それを今でも覚えていてくれたことが、とても嬉しい。

「へぇ、ポテトチップか。業務用スーパーなら安く買えそうだし、ちょっと足すだけなら気軽にできるし、今度試してみるよ。美味しそうだなぁ」

浦井も『チョイ足し』が気になっているようだ。

ならば、と、一花は提案をしてみた。

「カップ麺に足すなら、塩昆布もいいかも。あとは、ちょっと抵抗があるかもしれないけど、ピーナッツバターを入れてみて。甘辛くて美味しいはず。コンロか電子レンジが使える場所なら、お湯の代わりに豆乳を温めたものを使うと白湯《パイタン》スープみたいな味わいになるよ。いつものカップ麺と全然違う味になるから、よかったら試してしてね」

「うわー、いろいろあるんだな。カップ麺は夜食にしたりもするから、そのときは豆乳を入れてみるよ」

「豆乳は足が早いから、開封したらすぐ使った方がいいよ。カップ麺の他に、お味噌汁に足すとコクが出て美味しいと思う。そこにご飯を入れたら『おじや』になるし」

「おじやか……。身体に優しそうだね。俺、ちょっと前まで風邪を引いてたから、もっと早く知りたかったよ。いいこと教えてくれて助かった。本当にありがとう！」

浦井は一花に何度もお礼を言った。その顔には晴れやかな笑みが浮かんでいて、見ていると清々しい気分になってくる。

「ねぇ一花、豆乳で作るカップ麺、僕も食べてみたいんだけど」

リヒトに袖を引っ張られた。

一花は「今度作りますね」と囁いて、人懐っこそうに笑う浦井をしばらく見つめていた。

学食での聞き込みを終えた一花とリヒトは、滝岡研究室に戻った。

そこには執事の林蔵と谷之内がいた。蔵書のチェックをしていたが、ついさっき終わったところだという。

リヒトは顰め面で室内を見回した。

「……虹子さんがいないみたいだけど」

「虹子さまはしばらく一緒に点検作業をしておられましたが、少々お疲れということで、今は別の場所で休憩を取られています」

時間的に見て、おおかたどこかの店でランチタイム中だろう。執事の報告を聞いて、貴公子探偵は「やっぱりサボってたね」と苦々しい口調で呟く。

肝心の研究室の蔵書だが、林蔵と谷之内が子細に調べた結果、一冊も欠けていなかった。その他、比較的値の張る万年筆などの小物類も、すべて定位置に置かれていたとのこと。

「でも、何も盗られてないと断言することはできない。もしかしたら、ぼくでは分からない教授の私物がターゲットになったのかもしれないし……。ど、どうしよう」

谷之内の顔色が、青を通り越して土気色になっている。

一花はなんとか助けたいと思ったが、盗まれたものが何か分からないという状態ではどうしようもない。

「ねぇ、谷之内さん。蓮寿郎さんは、学生から集めたレポートを、いつもこのキャビネットに入れてたの？」

膠着状態の中、リヒトがキャビネットにスッと歩み寄って言った。

「うん、そうだよ。滝岡教授は『レポートは学生の勉強の成果。宝物と同じだ』って、いつも言ってた。だから鍵のかかる場所で保管してたんだ。今入っている分は、学会から帰ってきたら採点するそうだよ」

「ふーん、宝物か。蓮寿郎さんなら言いそうなことだね」

蓮寿郎は学生のレポートをとても大事にしているようだ。一花の中で、まだ見ぬ大学教授への評価がさらに跳ね上がる。

教える側がこうやって真摯に対応しているからこそ、浦井は真面目に勉強に取り組んでいるのだろうな、と思った。

浦井の顔が脳裡に浮かんだついでに、一花は彼の話題を出してみることにした。

「学食で浦井さんという学生さんに会ったんですけど、とても熱心に滝岡教授の講義を受けているみたいですね」

「ああ、よくこの研究室に質問に来る子だね。うん。浦井くんはとても頑張ってる」

谷之内の顔色が、ほんの少しだけ明るくなる。

浦井の勉強熱心さは、滝岡研究室に属する院生たちにも知られているそうだ。教授である蓮寿郎も、折に触れて褒めているらしい。

「浦井くんは、家庭の事情で金銭的に余裕がないみたいだ。パソコンはなんとか買ったけど、プリンターは無理だったって、ここで笑いながら話してた。一枚十円のコピーさえ取るのを控えてて、同じアパートに住んでいる人に頼っているって……」

谷之内はぽつぽつと語った。

滝岡研究室には、去年まで浦井と同じアパートに住む院生が所属していた。この元院生は、コピー機能の付いた自宅用のマルチプリンターを所有している。

コピーを取ったり、パソコンで作成した文書をプリントアウトしたりする必要があると き、浦井はこの元院生の部屋を訪ねてプリンターを使わせてもらっているらしい。

元院生は浦井の苦学生ぶりを把握しているため、タダで快く貸している。浦井はお礼として、実家から送られてきた野菜などを差し入れしているとのこと。

「そこまでして勉学に励むとは、浦井さまは立派な学生なのですな」

林蔵がしみじみと言った。

一花も心の中でエールを送った。格安のカップ麺で昼食を済ませていることといい、涙ぐましい努力である。

「どんなに大変でも勉強に手を抜かないから、浦井くんのことは、ぼくもすごいなって思う。きっと、滝岡教授は浦井くんにとてもいい成績をつけるよ。毎回、レポートもきっちり出しているみたいだし」

谷之内はそこで浦井の話を締めくくった。

「レポートといえば、蓮寿郎さんは提出の締め切りを一秒でも過ぎると一切受け取らないんだってね」

　リヒトはさっき学食で聞いた話を持ち出した。

「そうそう。叔父さまったら厳しすぎるのよ」

　応じたのは谷之内……ではなく、ようやく研究室に戻ってきたお嬢さまだ。

　虹子は肩からかけていたブランド物のバッグを机の上に置くと、苦笑した。

「今キャビネットに入ってるレポートは、叔父さまが学会に行く前日の午後二時が提出期限だったの。でも、ほんの数時間程度なら遅れたっていいと思わない？　叔父さまったら頭が堅いから、二時以降に持ってきた分は頑として受け取らなかったのよ」

　数時間も遅れたら駄目に決まっているのでは。

　一花は突っ込もうと思ったが、虹子がそれより前に「はぁーっ」と嘆息した。

「遅れてレポートを持ってきた学生が何人かいて、研究室の前で必死に頭下げてたわ。でも叔父さまは『締め切りを守った学生に示しがつかない』って言って追い返しちゃった。かわいそうに」

　虹子が同情するのも分からなくはない。おそらく優しさから来る言い分だろう。

　だが、一花は心の中で蓮寿郎に軍配を上げた。やはり、締め切りは締め切りである。

「……で、何が盗まれたか分かったかしら?!」

　好きなだけ喋ってから、虹子は室内を見回し、最後にリヒトのところで視線を止めた。

その眼差しは期待に満ち溢れている。

「ちゃんと調べてくれたんでしょう。何が盗まれたか、早く教えて。同じものを買ってきて、こっそり戻しておくから。多少高くても問題ないわ。私——お金ならあるわよ！」

一花は能天気なお嬢さまを前に、ひたすら溜息を吐くしかなかった。

4

いったん自宅に戻って検討する。

リヒトは虹子と谷之内にそう言い残して、慶明大学をあとにした。午前中から調査を開始して、林蔵の運転する車で松濤の家に戻ったのは午後一時半だ。

「最近の大学生って、何をしに学校へ行ってるのかな。虹子さんもあの赤い髪の学生たちも、もっと真面目に勉強したらいいのに」

帰宅してリビングのソファーに座るなり、貴公子は整った顔を歪ませた。

林蔵も主の意見に賛同する。

「いわゆるモラトリアム……学生生活を勉強の機会と捉えるのではなく、社会人になる前の猶予《ゆうよ》期間と考えている若者がいるのでしょうな」

「でも、浦井さんみたいな、真面目に勉強してる学生さんもたくさんいると思いますよ。滝岡研究室の谷之内さんも『国文学をもっと学びたかった』って言ってましたし」

一花が二人の名前を挙げると、リヒトは険しい表情を僅かに緩めた。

「あの二人は確かに勉強熱心だね。でも、それが普通なんじゃないの？　僕は十歳でドイツの大学に進学して、三年で卒業したけど、遊んでる暇なんてなかったよ」

「えぇ、三年って……リヒトさん、すごい！」

飛び級したとは聞いていたが、僅か十歳の少年が大学生に交ざって学び、三年で学位を取得するとは驚きである。

「リヒトさま、今後の調査はいかがされますか。継続か……それともお断りいたしますか」

心底不機嫌そうな主に、林蔵が改まった様子で尋ねた。

「僕はこの件を解決したいと思ってる」

そう断言してから、リヒトは細い顎に長い指を添えた。

「はっきり言うけど、虹子さんを助けたいんじゃない。純粋に気になるんだ。研究室に誰かが侵入したのは間違いなさそうだし、その犯人は希覯本や貯金箱を簡単に持ち出すことができた。なのになぜそうしなかったのか……。これは大いなる謎だよ」

手強い謎は脳を刺激し、食欲を引き出してくれる。

そんな『美味しい謎』を前にして、貴公子探偵の青い瞳はキラキラと輝いていた。虹子の態度を含めて呆れ返るようなことは多々あるが、謎解きへの好奇心が勝ったようだ。

改めて今後の方針を認識したところで、一花はポンと手を叩いた。

「少し遅くなりましたけど、そろそろお昼ご飯にしませんか？　私、何か作ります！」

「だったら、リクエストしていいかな、一花。……僕は、ウインナー丼を食べてみたい」

貴公子の口から出たのは、意外すぎるメニューだった。一花は面食らって、麗しい顔をまじまじと凝視する。

「え、ウインナー丼って、学食にあったあれですか?!　お値段二百八十円の」

リヒトは大きく頷きながら、期待に満ち溢れた瞳で一花を見つめ返した。

「そうだよ。僕は一目見たときからウインナー丼が気になってたんだ。後学のために、どんな味がするのか確かめてみたい。――作ってくれるよね、一花」


松濤の家の冷蔵庫に入っている食材は、だいたいが高級品だ。

しかし今日は『学食で提供されていたのと近いものを食べたい』というリヒトの願いを叶えるため、一花は近所のコンビニでリーズナブルなウインナーを買ってきた。

それをボイルし、ご飯の上にどーんと盛って、ケチャップとマスタードを添えればウインナー丼のできあがりである。

さすがにこれだけだと簡単すぎるので、ちょっとだけ手間をかけた。

「あれ、一花、これ……形が変わってる！」

ダイニングテーブルに置かれたどんぶりを見て、リヒトはブルーの瞳を一杯に開く。

想像通りの反応で、一花は「ふふっ」と笑みを零した。

「ウインナーに切れ目を入れて、タコさんの形にしてみました！」

ホカホカご飯の上に載っているのは、たくさんのタコ形ウインナーだ。黒ごまで目もつけて、ちょっとかわいく仕上げた。野菜不足が気になるので、ほうれん草と玉ねぎが入ったスープも添えてある。

リヒトの希望で、林蔵を含めて三人でダイニングテーブルについた。「いただきます」と声を揃えたら、ランチタイムの始まりだ。

「美味しい」

ウインナーを一口齧り、リヒトはまず、そう言った。

しかし、次第に難しい顔つきになり、二個目を食べた時点で「うーん」と唸る。

「美味しいけど……一辺倒な味だね。ウインナーだけだと飽きるかもしれない」

「やっぱり、そうですよね。分かります」

一花も手を止めて同意した。

具材とご飯を味わうことだけが、どんぶりメニューの楽しみではない。かかっているタレや具材から出る汁がご飯に絡むことで、また別の味わいを生み出す。

しかし、ウインナーには汁気がないので、どうしても同じ味が続くことになる。そもそも学食のウインナー丼はお金がない学生のための一品。飽きが来てしまうのは致し方ない。

「ケチャップとマスタードが添えてありますが、もう一捻りあるといいかもしれませんな……」

林蔵も、主と同じような反応をしている。

ケチャップとマスタードは学食のウインナー丼にも添えられていた。二百八十円という値段を考えると、これでも大サービスだろう。

だが、物足りない。林蔵の言うように、何かもう一工夫欲しいところである。

(そうだ、こんなときは『あれ』を出してみよう!)

アイディアが浮かんできて、一花は勢いよく立ち上がった。キッチンに駆け込んで、作業をすること一分少々……。

「リヒトさん、これを試してみませんか!」

どんぶりの横に、新たに小皿を二つ置いた。

「これは何? こっちの小皿には白いものが入ってるし、こっちは赤だね」

リヒトは両方を左右の手で持って、代わる代わる見つめる。

「それはディップソースです。赤い方と白い方、それぞれにウインナーをディップして食べてみてください」

「分かった」

素直に頷いて、リヒトはまず、赤い方のソースにタコさんウインナーをディップした。

それをそのまま口に運ぶ。

「――あれ、これ、すごく美味しい!」

綺麗な顔がパッと綻んだ。分かりやすい反応がとても嬉しくて、一花は心の中でガッツポーズをする。

「この赤いソース、カレーの風味がする。ベースはケチャップ……だよね？」

「大正解です、リヒトさん！　ケチャップにカレー粉をチョイ足ししてみました！」

ものの見事に言い当てられた。リヒトはもう一度『ケチャップカレーソース』を味わってから、満足そうな表情を浮かべる。

「ただのケチャップとは全然違うね。カレーのスパイシーさがトマトの味と馴染んでる」

「カレー粉が多すぎるとただのカレー味になっちゃうので、割合が重要です。今回は、ケチャップ大さじ五杯に対して、カレー粉を小さじ一杯入れました」

好みによりカレー粉を足したり減らしたりしてもいいが、ケチャップのトマト味をしっかり感じるくらいが、ディップソースとしてはベターだ。

リヒトは赤いソースを十分味わってから、今度は白いソースを引き寄せた。

「これも――斬新な味だ!!」

驚きと嬉しさの入り混じった声が上がる。

タコさんウインナーが、ご飯の上からあっという間に二つ消えた。それでもまだリヒトの手は止まらない。

「一花さん。こちらの白い方は、どういったソースなのですかな？」

林蔵が丸眼鏡を押し上げつつ、白いソースが入った小皿に目をやる。

「それは『ヨーグルトマスタードソース』です！　粒マスタードに、ヨーグルトとレモン汁を合わせました」

　ウインナーには、やはり粒マスタードのぴりっとした感じがよく合う。これを活かして新たな味のディップソースを作った。

　さほど手間はかからない。ヨーグルトに粒マスタードを加えてよく混ぜ、最後にレモン汁で香りを付けるだけだ。

　甘みがあるとコクが出るので、加糖されているヨーグルトを使った。無糖のものなら、はちみつを加えるといい。

　レモン汁は、手元になければ省略できる。ヨーグルトと粒マスタードの割合は好みでOKだが、今回は百グラムのヨーグルトに大さじ二杯の粒マスタードを加えた。

「ヨーグルトの酸味とマスタードの風味が合わさると、こんな味になるんだね。ウインナーにぴったりだ。美味しい！」

　リヒトは『美味しい』を連発して、タコさんウインナーを次々と攻略していく。

　ディップソースの小皿は人数分用意してあった。一花と林蔵も、どんぶりの上のタコさんをソースの海にディップする。

「ケチャップカレーソースもヨーグルトマスタードソースも、ただのケチャップやマスタードとは全く趣が異なりますな。これだけソースが揃っていれば、ウインナーがごちそうになりますぞ」

　林蔵はケチャップカレーソースがお気に召したようだ。貴公子と執事のどんぶりの中身が順調に減っていくのを見て、一花の心が弾む。

「どちらのソースも、チョイと足して混ぜるだけです。本当に簡単ですよ」

ソースやタレは、組み合わせ次第で何通りにも味に変化が出せる。しかも、混ぜるだけでいい。一花は日頃から、暇を見つけてはあらゆるチョイ足しソースを試している。今日出した二種類のディップソースは、中でも最近のイチ押しだった。

「リヒトさん、林蔵さん。実はボイルしたウインナーが少し残ってるんです。お腹に余裕があるなら、追加しますか？」

すでに半分以下になっているどんぶりの中身を見て一花がそう提案すると、二人は即座に首肯した。

「洗い物が増えるのもお手間でしょうから、このどんぶりの上にウインナーを直接盛り付けていただけますかな」

林蔵がどんぶりを差し出してきた。ウインナーを別の皿に入れて持ってくると、あとでそれを洗わなければならなくなるので、気を遣ってくれたのだ。

「あ、僕もそうしてよ」

リヒトも執事と同じ動作をする。

「はい。じゃあ、どんぶりの上に直接足してきますね」

厚意をありがたく受け取って、一花はいったんキッチンに行き、二つのどんぶりの上に余っていたウインナーをすべて盛った。

再びテーブルに戻り、かさが増えたどんぶりを置くと、リヒトが「あれ?」という表情を浮かべる。

「ねぇ一花。ウインナー、いくつ足した? そもそも僕、いくつ食べたっけ?」

「えーと……すみません、数えてなかったので分かりません」

「ウインナーが全部同じ形なので、もともと盛ってあった分と、新たに足した分が完全に交ざっておりますな」

林蔵が、自分のどんぶりを手元に引き寄せて中を覗き込んだ。

「そうですね~。なんとなく、全部タコさんの形にしちゃいました」

カニさんやウサギさんの形のウインナーもあった方がよかったかな……。

そんなどうでもいい考えが一花の脳裡をよぎった瞬間、バン! と威勢のいい音を立ててリヒトが立ち上がった。

「もともと盛ってあった分と、新たに足した分が交ざってる――これだよ!」

「え、リヒトさん、『これだよ』って……何のことです?」

『これ』も何も、目の前にあるのはまごうかたなきウインナー丼だ。もう、何が何やらさっぱり分からない。

パチパチと瞬きをする一花に、貴公子探偵は極上の笑みを向けた。

「ありがとう、一花。ディップソースとウインナーを出してくれたお陰で――謎が解けたよ」

5

夕方。

貴公子探偵はどこかに電話をかけたあと、再び滝岡研究室を訪れた。もちろん、一花も一緒である。

室内には虹子と谷之内がいたが、執事の姿はなかった。松濤の家から車を運転してきた林蔵は、リヒトに何か命じられたらしく、大学の構内に入ったあと別行動をとっている。

「ねぇねぇ、何が盗まれたか分かったの?!」

虹子はぐっと前のめりになって、目をキラキラ輝かせた。リヒトは顔を引きつらせ、一歩遠ざかる。

「結論から言うよ。この部屋から盗まれたものは——何もない」

「えっ……?」

「はぁ?」

前者は一花の、後者は虹子の反応である。

麗しき探偵の出した答えを聞いて絶句してしまった女性陣に代わり、青白い顔の谷之内が口を開いた。

「『何もない』って、どういうこと……かな」

「言葉通りの意味だよ。この部屋からは何も盗まれてないってことさ」

貴公子探偵が力強く断言すると、それまでぼーっとしていた虹子が口を尖らせた。

「嘘でしょ?! 盗みを働いてないとしたら、侵入者は何をしにここへ来たのよ！」

「この部屋からなくなったものはない。だったら、答えは簡単じゃないか、虹子さん。侵入者は何かを盗んだんじゃなく——逆に増やしていったんだよ」

「は？ 増やして、いった……?!」

虹子は腕をだらりと下げて脱力してしまった。谷之内と一花は、目を見開いたままその場で固まる。

三人の反応をゆうゆうと眺めたあと、貴公子探偵は美麗な顔を別の方に向けた。

「侵入者はこの部屋に、とあるものを『置いていった』のさ。……そうだよね、浦井信吾くん」

リヒトの視線の先には、研究室のドアがある。

そこに、いつの間にか浦井と林蔵が立っていた。ポカンとしている一花の横を燕尾服姿の執事がスーッと通り抜けて、主に一礼する。

「リヒトさまのお言いつけ通り、浦井さまをお連れいたしました」

一人別行動をとっていた林蔵は、貴公子探偵の指示で浦井を探していたようだ。

リヒトは「ご苦労だったね」と執事をねぎらってから、ドアのところで立ち尽くしている浦井を手招きする。

「突っ立ってないで中に入りなよ。……ここで、本当のことを話してくれないかな」

部屋に足を踏み入れた浦井は、ハッと息を呑んだ。

「本当のことって、何？　というか、君は、昼に学食で会った東雲くんだよね？　なぜここに……」

言葉を濁した浦井を見て、貴公子探偵は僅かに表情を曇らせた。

「自分で言う気がないなら僕が説明するよ。……浦井くん。君は、この間課された滝岡教授のレポートを、締め切りの日までに出していないよね」

「なっ……」

浦井は再び息を呑んだ。

一花も驚いた。熱心に勉強していた浦井が、レポートを出していないとはどういうことか。そもそも、なぜ急にレポートの話が出てきたのか……。

林蔵は黙っているだけだったが、虹子と谷之内の顔には、一花同様、特大の疑問符が浮かんでいる。

貴公子探偵はそれらを一切無視して話を進めた。

「浦井くんは、期限内にレポートを書き上げられなかった。だから今回は提出できなかったんだ」

「ま、まさか！　真面目な浦井くんに限って、そんなこと、あるわけないよ」

谷之内がぶるぶると首を横に振った。一花もそれに同意しながら尋ねる。

「リヒトさんは、どうして浦井さんがレポートを出していないと思ったんですか？」

浦井とは今日知り合って、一度会話をしただけだ。レポートを出したとか出してないとか、そういう話はしていない。

「浦井くんは、同じ講義を取っている男子学生のレポートを毎回手伝ってた。だけど、今回はそうしていない。件の学生は、『頼りにしてた奴がレポートの締め切り前に一週間も大学を休みやがって』と言ってたよね」

学食で、アップバングヘアの男子が話していたことだ。この『頼りにしてた奴』というのは浦井のことである。

「浦井くん自身は、学食で『ちょっと前まで風邪を引いてた』と話してた。つまり、レポートの締め切り直前、浦井くんは体調不良で寝込んでたんだ。普段はアルバイトで疲れていても講義に出るのに、一週間も大学を休むほど症状がひどかった。レポートを書き上げる余裕なんてなかったんじゃないかな。だから他人に丸写しさせることもできなかった。……そして今日の午前中、浦井くんはこの部屋を訪れた」

リヒトのすんなりした人差し指が、浦井に突きつけられる。

緊迫感の漂う中、虹子が「わけが分からない」といった様子で話に割り込んできた。

「じゃあ、侵入者は浦井くんってことなの？　この部屋に何の用があったわけ？」

「浦井くんは、遅れて書き上げたレポートを蓮寿郎さんに受け取ってほしくてここに来たんだ」

リヒトは突きつけていた指を下ろして答えた。

「えー、無理よ。あの厳しい叔父さまが、遅れてレポートを受け取るはずないじゃない。それに、今日は学会で留守だわ」

「浦井くんは蓮寿郎さんの留守を知らなかったのさ。遅れたらレポートを受け取ってもらえないことは百も承知で、それでも頭を下げに来たんだ。だけど、虹子さんたちが鍵を開けっ放しにしたまま離席していて、誰もいなかった。……部屋に足を踏み入れた浦井くんは、採点前のレポートがあそこにしまわれているのを見てしまった」

貴公子探偵の瞳が、キャビネットへ注がれる。

その場にいた全員が同じものを見つめた。……もちろん、浦井も。

「部屋の中には誰もいない。キャビネットのガラス戸の向こうに、採点前のレポートがある。鍵が付いているけど、施錠されていない可能性があった。何せ、研究室のドアの鍵は開けっ放しだったからね。……実際に手を伸ばしてみたら、ガラス戸は開いた」

「あ――！」

リヒトの言葉を遮って、谷之内が素っ頓狂な声を発した。唇をわなわな震えさせて、無造作な髪の中に指を突っ込む。

「ま、まさか浦井くんは……自分のレポートを、キャビネットにしまってあった束の中に――?!」

貴公子探偵は、にっこり笑って頷いた。

「谷之内さん、ご名答。浦井くんは、締め切りに遅れて出せなかった自分のレポートを、蓮寿郎さんが保管していた採点前の束に紛れ込ませた。そうやって、自分のレポートが『間に合った』ように見せかけたんだ」

逆に増やしていったんだよ、というリヒトの台詞を、一花は思い出した。『増やしていった』のは、遅れて書き上げたレポートのことだったのだ。

谷之内や虹子、一花と林蔵、そしてリヒトに見つめられ、浦井は僅かに身じろぎした。

「あ……でも、でも、俺がそんなことをしたっていう証拠はない、はずだ」

「証拠か……。分かった。林蔵、ちょっとキャビネットの扉を開けてみてくれないかな」

リヒトがパチンと指を鳴らすと、執事がサッと動く。

林蔵の手で開け放たれたキャビネットの中には、希覯本や貯金箱とともに、問題のレポート用紙の束がしまわれていた。

「僕が初めに違和感を抱いたのは、ここにあるレポート用紙の重ね方が乱雑すぎたことなんだ。学生のレポートを宝物みたいに扱う蓮寿郎さんが、こんなしまい方をするはずがない。留守を預かる谷之内さんや虹子さんは、キャビネットを開けることはあってもレポートには触れないだろう。……となると、侵入者が動かしたとしか考えられない」

「ああ、言われてみれば、ちょっとバラバラになってますね」

一花は改めてレポートの束を眺めた。きっちり重なっていないせいで、余分に幅を取っている。

「レ、レポート用紙が雑に重なっていただけで俺を疑うの？」

浦井は眉を吊り上げて抗議の姿勢を示した。

「いや、今のはあくまで『僕の推理のきっかけ』を話しただけだよ。証明はこれからする。……谷之内さん、ちょっといいかな」

リヒトに突然名前を呼ばれ、谷之内はビクッと震えた。

「な、ななな、何？」

「ここに来る前、僕が電話で言ったこと、調べてくれた？　結果を教えてくれる？」

松濤の家で昼食をとってから再び研究室に向かう前、リヒトはどこかに電話をかけていた。あのときの相手は谷之内だったようだ。

「ああ、うん。調べた。浦井くんと同じアパートに住んでる元院生のことだよね？　さっき電話して聞いたよ。……彼は昨日、浦井くんにプリンターを貸したって言ってた。浦井くんは夜の九時ごろ部屋を訪ねてきて、数十枚プリントアウトしていったみたいだ」

貴公子探偵の瞳が、キラリと光った。

「浦井くんはもしかしたら、そのときミスプリントをしてないかな。家庭用のプリンターだとインクが掠れたりするよね。僕はその点も確認してって頼んだはずだけど」

「ミスプリントは、何枚かあったそうだよ。燃えるごみの回収は明日だから、印刷ミスした紙は、まだゴミ箱に入ってる……」

「ごめんなさい！」

たどたどしい谷之内の言葉が、悲痛な声で断ち切られた。

浦井がその場に膝をついて、深く頭を下げている。何度も何度も頭を上げ下げして、しまいにがっくりと肩を落とした。

白旗を上げた相手に、貴公子探偵はゆっくりと微笑みかける。

「本当のこと、話してくれないかな。浦井くん」

「……今日の午前中、俺はこの部屋に来て、キャビネットの中に自分のレポートを入れました。本当に、ごめんなさい」

浦井は真面目にレポートに取り組んでいたが、アルバイトの疲れがたたって風邪を引き、寝込んでしまったそうだ。締め切り当日は、大学に登校することさえできなかった。当然、レポートは出せずじまいだ。

それでもパソコンを使ってレポートをなんとか書き上げ、ゆうべ、同じアパートに住んでいる元院生を訪ねてプリントアウトした。

「締め切りには間に合わなかったけど、興味深い課題だったから、最後まで調べて書き上げたんだ。プリントアウトして、とりあえず滝岡教授にわけを話そうと思った。……できたら受け取ってほしいって頼むつもりだった。もちろん、無理なのは知ってたけど」

レポートを持って滝岡研究室を訪れた浦井は、部屋の中に誰もいないのを見て首を傾げたが、そのうち問題のキャビネットに気が付いた。

幸か不幸か、そこには鍵がかかっていなかった。手にしていた紙の束と、ガラス戸の向こうにある提出済みのレポートを見比べているうちに、閃《ひらめ》いてしまったのだという。

「提出済みの中に俺のを交ぜれば、分からないんじゃないかって……。レポートをキャビネットに入れたとき、部屋の外で足音がして、急いで研究室から出た。慌てていて、キャビネットのガラス戸と部屋のドアが少し開けっ放しだったと思う……」

　ごめんなさい。

　浦井は再び頭を下げて、リヒトを見つめた。

「同じアパートにいる先輩に、ゆうべプリンターを借りて、レポートをプリントアウトした。ミスプリントした分は、先輩が捨ててくれるって言うからそのまま置いてきた。それが残ってるなら、もう言い逃れはできないね」

　プリンターを所持していない浦井は、印刷が必要になるたびに、同じアパートに住む者に借りていた。リヒトはそこに目を付け、ミスプリントの可能性に思い至ったのだ。

　印刷に失敗したとはいえ、内容はある程度把握できる。つまり、ミスプリントを調べれば、浦井がレポートを印刷したのが『締め切り前』ではなく『昨日』であることが分かるのだ。

「リヒトさま。ありました」

　キャビネットの中を探っていた林蔵が、貴公子探偵に何かを差し出した。数十枚の紙がホチキスで閉じられたものだ。一番上の紙には『浦井信吾』と記名がある。

　リヒトはそれを手にして、虹子と谷之内を振り返った。

「浦井くんが紛れ込ませたレポートの扱いは虹子さんたちに任せるけど、どうする？」

滝岡研究室の二人は互いに顔を見合わせた。どちらかが何か言う前に、床に膝をついていた浦井が立ち上がる。

「俺、レポートを撤回します。間に合わなかったものをねじ込むなんて、やってはいけないことでした。それに、この部屋に無断で立ち入って、キャビネットを開けたのも悪いことです。本当にごめんなさい。しかるべき機関に通報してください」

潔い謝罪だった。額が膝につきそうなほど深く頭を下げる浦井を見ていたら、一花の胸がきゅっと切なくなる。

虹子は困り顔で浦井に飛びついた。

「あー、浦井くん、頭を上げて。大事にする気はないの。私たちが鍵を開けっ放しにしたのも悪いんだし。……あとね、叔父さまが言ってたけど、学会から帰ってきたら追試をするみたいよ。レポートが出せなかった学生を対象に、救済措置を取るんだって」

まだ頭を下げていた浦井は、そこでようやく姿勢を戻した。

「え、追試？　本当ですか？」

「本当よ。今度の講義で叔父さまから正式に追試のお知らせがあるはず。だからレポートが無理でも、大丈夫。なんとかなる！　ね、谷之内さんもそう思うでしょ」

「うん。滝岡教授は、追試の準備も進めてたから、間違いない……。大丈夫だよ」

滝岡研究室の二人に「大丈夫」と連呼され、浦井は一瞬微笑んだが、すぐに視線を落とした。

「追試か。チャンスがもらえて嬉しいけど、滝岡教授の試験は難しそうだな……」

するると、虹子が谷之内の背中をパアンとはたいた。

「もし何か分からないことがあったら、この谷之内くんに聞きなさいよ。彼、この研究室に長くいるし、いろいろ教わるといいよ」

「え、ぼ、ぼくが、教えるの？」

谷之内は虹子と浦井を交互に見て眉をハの字にした。

「そうよ。他に誰がいるの。谷之内さんたら、困ってる後輩を見捨てるわけ？　ひどーい」

「う……」

虹子が青い顔の谷之内をつつき回している。浦井はそれをなんとも言えない表情で見つめていた。

「僕らができるのはここまでだね。あとは彼らだけで解決してもらおうよ」

リヒトはくるりと踵を返した。

家政婦と執事も、三つ揃いのスーツを追いかけて部屋をあとにした。

6

「今回は姪の虹子が世話になったね。手間をかけさせてすまなかった。リヒトくん」

木漏れ日の中、ロマンスグレーの紳士が美少年に詫びた。

「別に謝らなくてもいいよ、蓮寿郎さん」

リヒトは笑って、華奢なティーカップに注がれている紅茶を一口飲んだ。金色の髪が、春風にサラサラとなびく。

松濤の家の広い庭。その一角にテーブルと椅子を用意させ、貴公子は優雅なティータイムを楽しんでいた。

向かい側に座っている紳士の名は、滝岡蓮寿郎。虹子の叔父で、大学教授を務める人物である。

研究室侵入事件から早くも一週間が過ぎた。

三月初めの昼下がり。今日はかなり暖かいので、屋外でのティータイムにぴったりだ。

リヒトは松濤の家を訪ねてきた蓮寿郎を、庭でもてなしている。家政婦と執事は近くで控えていた。

歳の離れた友人たちは、しばしの歓談を楽しんでいるようである。

「あれから、虹子さんはどう？　ちゃんと勉強してる？」

しばらくしてリヒトが話題を振ると、蓮寿郎は白いものが交じった眉毛の両端をやや下げた。

「虹子もさすがに今回は懲りたようだ。私の言うことをちゃんと聞いているよ」

リヒトは、『タコさんウインナーの中にタコさんウインナーを交ぜたら元の数が分からなくなった』ことをヒントに真相に気が付いた。

すべての謎が解き明かされた翌日。蓮寿郎は学会を終えて大学に戻ってきた。

虹子と谷之内は自分たちが鍵を開けっ放しにしたことを黙っておくつもりだったらしいが、『国文学科の鬼』と呼ばれている教授の目は、そうそうごまかせない。

「学会から戻り、留守番をしていた虹子と谷之内くんの顔を見たら、妙におどおどしていた。私は何も聞かなかったが、一時間もしないうちに谷之内くんが頭を下げてきて、起こったことをすべて話してくれたよ」

聞こえてくる話に耳を傾けながら、一花は「さもありなん」と思った。

谷之内は臆病だ。蓮寿郎と顔を合わせているうちにいたたまれなくなって、早々に降参したのだろう。

「リヒトくんに調査を頼み、隠蔽工作をしようとした虹子にはきつくお灸を据えておいた。それが効いて、今のところは大人しくしているようだが、はたしていつまで続くかな」

苦笑いする蓮寿郎に、リヒトは尋ねた。

「浦井くんはどうしてるの？」

「彼は、とても熱心で正直な学生だ。先日、私のもとに謝りにきた」

浦井は自分がしたことをありのままに話したという。

蓮寿郎は、真摯に頭を下げた彼を、それ以上責めることはなかった。ただし、やはり締め切りを過ぎたレポートは受け取らなかったそうだ。

「浦井くんは追試を受けた。しっかり合格点に達していたよ」

「そうか。それはよかった」

リヒトは安堵の表情を浮かべ、また紅茶を口にした。一花と林蔵も、顔を見合わせて互いに胸を撫で下ろす。

蓮寿郎は穏やかな声で言った。

「リヒトくんには迷惑をかけてすまなかったが、お陰でいいこともあった。谷之内くんが、少しだけ逞しくなったようだ」

「え、あの人が？」

小首を傾げたリヒトに、ロマンスグレーの紳士は「ああ」と微笑んだ。

「谷之内くんは、追試を控えていた浦井くんの指導をしたんだ。その過程で『人にものを教える』ことの面白さに気付いたようだね。試験のあと、浦井くんがお礼を言いに来たのも自信に繋がったのだろう。今後は准教授を目指す……私は今朝、谷之内くんの口から、はっきりそう聞いたよ」

「ふーん。あの人が教壇に立ってるところ、あまり想像つかないけど、大丈夫？」

身も蓋もないことを言いつつも、リヒトの顔には晴れやかな笑みが浮かんでいる。

「ところで、リヒトくん」

一通りの話が済むと、蓮寿郎はティーカップを置いて姿勢を正した。紳士の優しい眼差しが、麗しき美少年にまっすぐ注がれる。

「お父上の……東雲辰之助氏の容態は、どうだろう。お見舞いには行ったのかな」

リヒトは一瞬ハッとして、俯いた。

「容態は安定してるって聞いてるけど、僕は会いに行ってない……」

「そうか。まあ、東雲の本家と君の間には、他人が口出しできない事柄が横たわっている。見舞いに行けと強制はできないが……」

蓮寿郎は、リヒトと東雲家に関わることを多少知っているようだ。言葉を選んでいるのか、じっくり思案してから語り出す。

「君のお父上、辰之助氏は、二十年ほど前、ドイツに滞在していた。ベルリンに東雲コンツェルンの支社を立ち上げた際、関連業務に携わっていたのだ。妻子は日本に残し、単身での渡独だった。……実は、私も当時はドイツにいた。あちらの大学に招かれて日本文学の講義をしていたのだよ。同時期に滞在していた辰之助氏とは、交流があった」

どうやら、蓮寿郎はリヒトだけでなく辰之助とも親しいらしい。

「ドイツにいる間、辰之助氏の他に、私はもう一人の人物と親しくなった。辰之助氏の兄の、卯吉《うきち》氏だ」

「えっ、辰之助さんにはお兄さんがいらっしゃるんですか?」

一花は横から口を挟んでしまった。

会話を邪魔する形になったが、蓮寿郎とリヒトは気を悪くすることなく頷いた。

「一花にはまだ言ってなかったね。東雲辰之助には兄がいる。……ただし、もう亡くなってるんだ」

リヒトは淡々と説明した。

辰之助の二歳年上の兄・卯吉は、二十年ほど前、辰之助と一緒に渡独した。辰之助には妻子がいたが、卯吉は独身だったそうだ。

そして十七年ほど前、病でこの世を去った。

リヒトは卯吉に会ったことがないが、父親の兄に関することだ。名前だけは知っていたという。

「卯吉さまは、大変お優しい方だったとお聞きしています」

かつて辰之助に仕えていた林蔵も、その存在を把握していた。

初耳なのは、一花だけだ。

「ドイツにいる間、辰之助氏と卯吉氏と私は、とりとめもない話をよくしていた。だから肩を持つわけではないが……どうだろう、リヒトくん。一度君の方から、見舞いに訪れてみては」

蓮寿郎は穏やかな口調で切り出した。

リヒトは「いや、でも……」と曖昧に言葉を濁す。

「私は先日、辰之助氏の病室を訪れた。そのとき彼は……君のことを口にしていたよ」

「僕のこと？」

「そうだ。辰之助氏は、君と会って話がしたいと言っていた。何か伝えたいことがあるのだと私は思った。……聞けば、来週には退院して東雲の本家に戻るそうだ。まだ当分自宅療養が続くと思うが、面会は制限されないはずだよ」

蓮寿郎の放つ雰囲気は柔らかだ。押し付けている感じは全くない。あくまで相手の決断にすべてを委ねている。

リヒトは黙って自分の指先を見つめていた。

細くしなやかなその場所は、微かに震えていた。

チョイ足し三品目　お好み焼き風ポテトサラダ

1

「す、素敵……」

　松濤の家のリビング。壁に掛かった大きな液晶テレビを前にして、一花は吐息に似た声を漏らした。

　八十インチの大画面の中では、天使……いや、それすらも超越した光り輝く美少年が、ピカピカのスマートフォンを片手に歩いたり止まったりしている。

　そういう映像がトータル三十秒流れたあと、また頭に戻ってループ。さっきからこれの繰り返しだ。

「あのさぁ、いい加減にしてくれないかな」

　テレビに釘付けになっていた一花の前に、ひょいと誰かが立ち塞がった。

　その顔は、画面の中の美少年とまるっきり同じで……。

「うわっ、リヒトさん！　びっくりした。テレビから飛び出してきたのかと思った」

「さっきから何回同じ映像を見てるの。もういいだろう」

リヒトは傍らにあったリモコンを取り上げて、テレビの電源を落とした。画面はすぐにブラックアウトする。

「あぁっ……素敵だったのに」

一花が嘆くと、横合いから同じような声が飛んできた。

「まだ二十分しか再生していないではないか。私はあと半日は見ていられるぞ」

揃って不満げな二人に向かって、リヒトはうんざりした顔で叫んだ。

「一花も拓海も、延々と自分の映像を見せられる僕の気持ち、分かってる?!　こんなことなら、モデルなんて引き受けるんじゃなかったよ！」

遡《さかのぼ》ること一か月半ほど前。年明けの賑わいが落ち着いた一月中旬ごろ、リヒトの義兄・拓海が松濤の家を訪れた。

拓海はリヒトの顔を見るなり、オールバックに整えた髪が乱れることも厭わず、その場でガバッと頭を下げた。

「リヒト。新商品を宣伝するモデルを引き受けてくれないだろうか」

新商品とは、東雲コンツェルン傘下のメーカーが開発した、最新式のスマートフォンのことである。

現在、アメリカのコンピューター会社が出している機種が、スマートフォンの世界シェアナンバーワンに君臨している。

東雲コンツェルンは大胆にもそれを抜くことを目標にしていた。

そのためには、クオリティーを重視しつつコストはギリギリまで削り、さらにデザイン性は高く……というハイレベルな技術が求められる。

東雲コンツェルンの総帥であり、リヒトと拓海の父親である東雲辰之助は、この最新式スマートフォン『UNIVERSE=S』の開発に尽力した。計画段階から予算としてコンツェルンの資金を惜しみなくつぎ込んだという。

総帥自らが陣頭指揮を執って開発が進められた最新式のスマートフォンは、やがて無事に完成した。

さらに、辰之助はそれを売るためのプロモーション活動にも高いクオリティーを求めた。

去年の後半から、最大の宣伝効果を打ち出そうとあれこれ策を練っていたらしい。

しかし、寝る間も惜しんで東奔西走したことが裏目に出た。去年の暮れに脳梗塞で倒れたのは、無理がたたったせいだろう。

療養中の辰之助に代わり、現在は東雲家の長男である拓海が臨時総帥に就任している。

急なバトンタッチだったが、悠長に仕事の引き継ぎをしている暇などなかった。UNIVERSE=Sのリリースが、目前に迫っていたからだ。

拓海は倒れた父親を心配しつつ、プロモーション活動の全権を担うこととなった。

その活動の集大成になるのが、製品リリースの当日に行われるイベントである。

記念すべきリリースイベントは、世界じゅうからマスコミや業界人を呼んで行われる。

インターネット上でライブストリーミング配信も予定されていた。指揮を執るのは、もちろん拓海だ。

「より明確に新機種の素晴らしさを伝えるため、イベントの冒頭で、モデルによるデモンストレーションを取り入れたい」

一か月半前、就任したばかりの臨時総帥は、一花たちの前でイベントの構想を話してくれた。

まずイベント冒頭でスクリーンに製品のプロモーション映像を投映し、そのあと映像に登場していたモデルが壇上にてＵＮＩＶＥＲＳＥ＝Ｓをデモンストレーションする、という流れである。

「イベントで使用する映像は、テレビコマーシャルとは別に、新たなものを用意する。ここで重要なのが、モデルを誰が務めるか、という点だ……。引き受けてくれないだろうか、リヒト」

拓海は、義弟をまっすぐ見つめて懇願した。

「は？　嫌だよ、モデルなんて。それに、何で僕が東雲コンツェルンのために力を貸さなきゃいけないのさ」

リヒトは初め、この申し出を一蹴した。

無理もない。東雲の本家は、辰之助が不貞をして生まれたリヒトを爪弾きにしている。邪魔者扱いしたくせに製品の宣伝役を頼むなんて、いくらなんでも虫がよすぎる。

だが、リヒトを起用したい拓海の気持ちも、一花にはよく分かった。

何せ百年に一人……いや、千年に一人の麗しき貴公子だ。イベントにリヒトが現れたら、否応なくみんなの注目を集めるだろう。

拓海はなおもリヒトに取り縋った。

「父はUNIVERSE＝Sの開発に心血を注いできたが、志半ばで倒れた。それを引き継いだ私が、失敗するわけにはいかない。……病院に駆けつけたとき、父は私の手を握って言ったのだ。『あとのことは頼む』と」

「だから何？　僕にとってはどうでもいいことだよ」

「今は少しでも時間が惜しい。モデルの人選に悩むより、リヒトに頼んだ方が確実だと思った。日頃から冷静なリヒトなら、モデルとしての経験がなくても立派に役目をこなせるだろう。だから……頼む。引き受けてくれないか」

黒いスーツを纏い、メタルフレームの眼鏡をかけた拓海の瞳は、僅かに潤んでいる。

その場にいた一花と林蔵は、義兄と義弟のやり取りをただ見守ることしかできなかった。決めるのは、リヒト自身だ。

「……分かった」

永遠と思われるほどの長い間を置いたあと、リヒトはゆっくりと頷いた。

一花と林蔵、そして拓海が「えっ」と目を見開く中、少し不貞腐れたような……それでいてしっかりと覚悟を決めたような顔で、さらに言う。

「僕はモデルを引き受ける。ただし、東雲コンツェルンに協力するのは今回限りだよ」

拓海は義弟を思いきり抱き締め……ようとしたがそれは拒否された。

というわけで、リヒトがプレゼンテーションのモデルを務めることに決まったのだが、物事は思った以上にトントン拍子に進んだ。本人の気が変わらないうちに、と拓海がスケジュールを前倒しで進めたのだろう。

まず、イベントで流す映像の撮影が行われ、リヒトは都内のスタジオで衣装を身に着けてスタッフに囲まれた。

そして、三月上旬の今日。拓海は完成した映像を持って松濤の家を訪れ、リビングで鑑賞会と相成った。

何度リピートしても、素晴らしい映像だった。リヒトは無言で動いているだけだが、どこを切り取っても絵になる。

一花としては、永遠に眺めていたい気分である。拓海も同じだろう。口には出さないが、林蔵も映像に食い付き気味だ。

なのに、リヒト一人がぷんぷん怒っている。テレビを消してリモコンを放り出したあと、ソファーに身体を預けてそっぽを向いてしまった。

一花は何も映っていないテレビの画面とリヒト本人から視線を離し、テーブルの上にあった紙を手に取った。

「このポスターも、素敵ですよね！」

イベント当日、会場付近に掲示されるポスターだ。

撮影した映像からワンカットを抜き出したもので、スマートフォンを手にしたリヒトが物憂げな顔でどこかを見つめるシーンが使われている。

隅の方に、ウロボロス――蛇をかたどった東雲コンツェルンのマークが印刷されていた。

拓海の話では、蛇は古《いにしえ》の時代から再生と不死身のシンボルと言われており、何があっても揺るがない強い企業になるようにという願いが込められているらしい。

「映像の中からどのシーンを採用するか、かなり悩んだ。何せリヒトは、後ろを向いていても見栄えがするからな」

拓海が腕組みをしながら口角を引き上げた。表情からして、本当に苦労して選定した一枚なのだろう。

「実にいいお写真ですな。プロのモデルのようです。リヒトさまが、こんなに立派になられるとは……」

林蔵は、とうとうハンカチを取り出して目頭に当てた。

「やめてよ、林蔵まで。みんなして大袈裟《おおげさ》すぎない？」

リヒトはますます頬を膨らませる。

「大袈裟ではないぞ。映像もポスターも、素晴らしい出来栄えだ。何と言っても、モデルがいい」

拓海が力強く断言した。一花も頭を大きく縦に振って同意する。

「そうですよ、リヒトさん。本当に素敵です！　あ、そうだ拓海さん。このポスター、もし余ってたら一枚いただけませんか？」

「……は？　そんなものもらって、どうするつもりなの、一花」

怪訝そうな顔でちらりと視線を送ってきたリヒトに、一花は笑みを返した。

「私が寝起きしてる離れに貼っておくんですよ。そうしたら毎日、素敵なポスターを眺められます！」

「実物がここにいるのに何言ってるの！　直接僕を見ればいいじゃないか！」

「あ、そっか。それもそうですね……」

漫才めいたオチがついたところで、拓海が己のアタッシェケースから一冊の雑誌を取り出した。

「もうすぐ発売される女性向けのファッション誌だ。ポスターと同じ写真を使った広告を、紙面に入れてもらった」

「えー、本当ですか？　どれどれ」

一花は早速雑誌をパラパラとめくった。

見た感じ、ターゲットは二十代半ばの女性だ。洋服や小物のコーディネートを紹介するページが多い。リヒトの容姿は確実に女性受けする。拓海はそのあたりを踏まえて、この雑誌に広告を載せることにしたのだろう。

華やかな洋服や小物の記事に交じって、同世代の女性にアンケートを取った結果をまとめたものも載っていた。

例えばランチの平均額や、人気の習い事、通勤にかかる時間のアベレージ……などなど。あらゆる項目が羅列されている。

中には『彼氏とのベストな身長差は?!』のような、恋愛に関するアンケート結果もあった。この雑誌を読んでいる女性が最も『キュンとする!』のは『自分より十五センチ背の高い彼氏』らしい。

どうでもいいアンケート結果だなぁ……と思いながら一花が雑誌を眺めていると、リヒトが横から覗き込んできた。

(自分の写真が載ってる雑誌だから、やっぱり気になるのかな)

そのリヒトの写真は、アンケートの記事の隣のページに掲載されていた。雑誌の紙面はポスターより小さいが、それでも端麗な容姿に目を引き付けられる。

「やっぱり素敵! これはもう、新商品のヒット間違いなしですね、拓海さん!」

一花は雑誌を持って歓声を上げた。

しかし、拓海はじっと黙ったまま、虚空を見つめていた。その表情はどこか辛そうで、皺の寄った眉間には疲れが滲み出ている。

「拓海さま。お顔の色が優れないようですが」

林蔵が控えめに声をかけると、拓海はビクッと肩を震わせた。

「いや、すまない。少し考え事をしていた。別にたいしたことでは……」

「たいしたことない感じには見えないけど」

義兄が言い終える前に、リヒトが先手を打った。

「どうせ、何か厄介なことが起きてるんだろう。聞くだけ聞くから、話してみたら？」

拓海はたちまち顔を綻ばせた。

「リヒト……私のことを、心配してくれているのか」

「違うよ。拓海は意外とドジだし、一人で問題を抱えていても解決できないだろう。べ、別に、心配してるわけじゃないから」

このリヒトの言い様。ツンデレ以外の何物でもない。噴き出しそうになる反面、義兄への気遣いを確かに感じて、一花の心がほわんと温かくなる。

拓海はしばらく躊躇いの表情を浮かべていたが、やがて意を決したように口を開いた。

「ＵＮＩＶＥＲＳＥ＝Ｓのリリースイベントを、妨害しようとしている者がいるらしい。おそらく、イベント関係者の中に反総帥派のスパイがいる」

「スパイ？」

眉を吊り上げたリヒトに、拓海は力なく頷いた。

「東雲コンツェルンで内部抗争が勃発しているのは伝えてあるだろう。父……東雲辰之助を総帥の座から引きずり下ろし、コンツェルンを乗っ取ろうとしている一派がいるのだ。彼らはＵＮＩＶＥＲＳＥ＝Ｓの開発に関してても、事あるごとに異議を申し立てている」

東雲コンツェルンでは、以前から総帥派と反総帥派の諍いが起きている。拓海はもちろん、辰之助と意を同じくする総師派だ。

総師派に対抗の姿勢を見せている反総師派は、現在の専務をトップとする集団である。この専務派がリヒトに接触してくる可能性がある……というのが拓海の見立てだった。

リヒトは東雲の本家からないがしろにされているが、一応は辰之助の次男。コンツェルンの後継者になっても何らおかしくはない。

専務派はリヒトを担いでお飾りの総師に据えることで、総師派の拓海が次期トップになることを阻止しようとしている。ひいては総師派の面々を、辰之助もろともコンツェルンから一掃するつもりなのだ。

「父は、反対勢力をＵＮＩＶＥＲＳＥ＝Ｓに関わる業務から排除してきた。だが、リリースイベントを担当するスタッフの中に、おそらく総師派を装った専務派が紛れ込んでいる。その者が、妨害工作を仕掛けてきているのだ」

「妨害工作って、例えばどんな？」

だんだんきな臭い話になってきて、リヒトはきりっと表情を引き締めた。

「現在は急ピッチでリリースイベントの準備を進めているのだが、まず、当日起用するはずだった司会者のもとに、脅迫めいた手紙が送りつけられた」

「えぇ……」

出だしから散々な内容で、一花は呻いた。林蔵も「なんと……」と表情を曇らせる。

「司会者はイベントの降板を申し出てきた。その他、発注したはずの資材がなぜかキャンセルされていて届かなかったり、機械が何者かに破壊されていたり、細かいトラブルが続いて準備作業が遅れがちになっている」

拓海はそこまで言うと、深い溜息を吐いてリヒトを見つめた。

「正直なところ、私は今、周りの者たちの大半を疑っている。誰を信じたらいいか分からない。こう言うとおこがましいかもしれないが、ここにきてようやく、東雲の本家や他の大人たちに嘘を吐かれたリヒトの気持ちが、少し理解できた」

メタルフレームの眼鏡の奥に、寂しげな拓海の瞳があった。

母親を亡くしたリヒトに近づいてきたのは、財産目当ての大人たちだった。家族であるはずの東雲家からは表面上息子と言われているものの、実際は爪弾き。どれだけ心が傷ついているのだろう。

「リヒトにモデルを頼んだのは、もちろん容姿と能力を見込んでのことだが、他に信用できる人物がいなかったからというのもある。どこの誰に専務派の息がかかっているか、把握できないからな」

「大変ですね。大丈夫ですか？　無理しないでくださいね、拓海さん」

一花は半分祈るような口調で言った。

「心配してくれてありがとう、一花くん。今日、君の顔を見たら元気が出た。……ついでに交換日記の件を前向きに考えてもらえると、もっと笑顔になれるのだが」

「えっ！」

唐突な台詞に、一花の顔が引きつる。

拓海は以前、一花に真正面から交際を申し込んできた。しかも、結婚を前提に、だ。その第一歩として交換日記をしようと言われ、ノートまで渡されている。

(そういえば、何て書いてあるんだろう、あれ)

拓海の気持ちが綴ってあるそうだが、一花はまだ少しも目を通していない。無論、交際など一ミリも考えられない。

「あのさぁ、拓海。僕のいち……家で、一花を口説くのやめてもらえないかな。その様子じゃ、妨害工作とやらがあっても全然平気そうだね。話を聞いて損したよ」

リヒトが義兄をぎりっと睨んでいる。

「――ああ。妨害は多少厄介だが、作業の遅れは取り戻せそうだ。たいしたことはない。リヒトのお陰でプロモーション映像は完成した。あとはイベント当日のデモンストレーションを頼む。その他のことは私がなんとかしよう。それが、臨時総帥の務めだ」

拓海はそう言い残すと、決意のみなぎった表情で仕事に戻っていった。

二日後。松濤の家の電話が鳴り響いた。

もたらされたのは、拓海が何者かに階段から突き落とされた、という一報だった。

2

「拓海さん！」

「拓海！」

「拓海さま……！」

東雲コンツェルンの社員から電話で連絡を受け、一花、リヒト、林蔵が揃って病室に駆けつけると、拓海がスーツのジャケットに袖を通しているところだった。

百八十センチを超す長身から漂うのは仕事ムード一色で、一花は目を丸くする。

「た、拓海さん、寝てなくていいんですか?!」

「一花くん。見ての通り平気だ。階段の下で倒れていた私を見て、周りが大袈裟に騒いで救急車を呼んだのだ。休んでいる暇などない。これから仕事に戻る」

「でも……」

拓海にあてがわれているのは個室だった。白いシーツがかかったベッドの上には、さっきまで着ていたと思われる入院着が軽く畳んで置いてある。

外来で帰されることなく部屋が用意されているのは、拓海の状態に懸念があるからではないだろうか。

一花は「まだ寝てた方が……」と提言したが、拓海は「仕事に戻る」の一点張りだった。

アタッシェケースを手にして、今にも病室から出ていきそうな勢いである。

と、そのとき、リヒトが一花たちの間にスッと割って入った。そのまま素早くしゃがみ、拓海の右足首を人差し指で『ちょん』とつつく。

「…………っ！」

拓海は、声にならない声を上げながらその場にうずくまった。リヒトはしゃがんでいた体勢から元に戻り、義兄の姿を見て呆れ顔になる。

「拓海はさっきから右足だけ妙に庇ってた。ちょっと触れただけでそんなに痛がるなんて、ちっとも平気じゃないよね。本当は、医者に何て言われてるの？」

義弟に問いただされた拓海は、決まりの悪そうな顔でゆっくりと立ち上がり、ベッドに腰を下ろした。

「今夜一晩は、足を動かさないで安静にするように、と言われている」

「じゃあ、今夜一晩は寝てなよ」

「いや。このくらいたいしたことはない。私が戻らなければ、イベントの準備が滞る」

頭《かぶり》を振って立ち上がろうとした拓海を、一花と林蔵が全力で止めた。

「寝ててください、拓海さん！」

「拓海さま、どうか安静に」

二人がかりで言われ、拓海はしぶしぶ大人しくなった。リヒトは一歩ベッドに歩み寄り、静かに尋ねる。

「階段から突き落とされたって聞いたけど」

松濤の家に電話をかけてきたのは、東雲コンツェルンの女性社員だった。

切羽詰まった口調で伝えられた内容によると、病院に担ぎ込まれる途中、救急車の中で拓海自身が怪我をした状況を語ったらしい。

「……おそらく、突き落とされたのだと思う。だが、はっきりしないのだ」

「どういうこと？」

「私はリリースイベントの会場である『ツインタワーホテル』の一室で、午前十時から取引先とウェブ会議をしていた。それを終えて、別室に移動しようと階段付近に差しかかったとき、誰かに背中を押された」

そこでいったん言葉を切ってから、拓海は「いや」と顎に指を添えた。

「……今となっては、押された『ような気がする』という方が正確だな。背中に強い衝撃が加わったのは覚えているが、誰かの姿を見たわけではない。気付くと階段を二十段ほど落下していた。そのときに右足をくじいたようだ」

「警察に届けた方がいいんじゃないの？　背中を押されたなら、立派な傷害事件だよ」

という義弟の提案を、拓海は即座に否定した。

「そこまでする気はない。先ほども言ったが、そもそも誰かに押されたかどうかさえ定かではないのだ。私が自分で足を踏み外したのだろうと言われれば、それまで。何より、今は大事なイベントを控えている。こんな些細なことで警察沙汰になるのは避けたい」

「些細なことじゃないと思います。だって拓海さん、怪我したんですよ！」

一花は思わず語気を強めた。

拓海は平然と振る舞っているが、これはただごとではない。今回は足を痛めるだけで済んだものの、打ちどころが悪かったらもっとひどいことになっていたはずだ。

「いや、私は平気だ。今夜一晩は病院に留まるが、明日からまたイベントの準備に戻る」

拓海は気丈な笑顔を一花に向けた。

同じ表情のまま、今度は義弟・リヒトを振り返る。

「――ただし、リヒトにはモデル役を外れてもらう。撮影した映像も使わない。悪いが、今回の件からは一切手を引いてくれ」

「えっ、な、なぜですか?!」

驚愕の声を上げたのは、名指しされたリヒトではなく一花だった。

せっかくリヒトが東雲コンツェルンに協力しようとしているのに、拓海は自らそれを『なかったこと』にするつもりでいる。

イベントの日が差し迫っているのに、今になって、なぜ……？

一花が立ち尽くしていると、傍にいた林蔵が穏やかな眼差しを拓海に向けた。

「拓海さまは、このままではリヒトさまにまで危険が及ぶとお考えなのですな。だからリヒトさまをイベントから――東雲コンツェルンから一時的にでも遠ざけて、守ろうとしていらっしゃる」

「……そういうことなの？　拓海」

リヒトはサファイヤブルーの瞳を一杯に見開いた。

「――やれやれ、林蔵さんには敵いませんね。さすが、名探偵の助手を務めているだけのことはある」

拓海は肩からふっと力を抜いて、ぽつぽつと語り出した。

「こうして病院に担ぎ込まれて実感した。このままイベントに関わらせていたら、リヒトの身を危険に晒すことになるかもしれない。それだけは……耐えられないのだ」

一花の胸に、温かくて切ないものが込み上げる。

自分の身に危険が迫っていることを、誰よりも理解しているのは拓海なのだ。そして拓海は、そんな自分のことよりも、リヒトの方を気にかけている。

「拓海は本当に、馬鹿だね」

リヒトはいったん、義兄から視線を逸らした。

しかし次の瞬間、猛然と食ってかかった。

「あんまり見くびらないでよ。僕は拓海とは違う。妨害工作の餌食になんてならない。ここまで来て手を引けって？　冗談言わないでほしいな。だいたい、イベントはもう目前なんだよ。今から映像を破棄して、デモンストレーション役のモデルまで降板させたら、当日の進行に大きな狂いが生じる。ただでさえ準備が押してるんだろう。ここで計画が見直しになったら、イベントが台無しになるよね。違う？」

「………」

拓海は何も言い返さなかった。その沈黙こそが、リヒトの言い分が正しいことを表している。

貴公子探偵は、拳をぐっと握り締めた。

「僕は手を引かない。最後まで協力する！　それから、拓海を突き落とした相手を見つけて、妨害工作をやめさせる。止めても無駄だよ。もう決めたから」

リヒトは拓海の病室から出ると、すぐツインタワーホテルに向かうと言い出した。

江東区の東京湾沿いに建つこのホテルが一週間後に迫ったリリースイベントの会場であり、拓海が誰かから突き落とされた現場でもある。

地上二十五階、地下二階建ての建物のエントランスに林蔵が車をつけると、誰かがものすごいスピードで駆け寄ってきた。

「あの、もしかして東雲リヒトさん……臨時総帥の義弟《おとうと》さんですか?!」

紺のスーツに身を包んだ小柄な女性だった。

肩までの髪は染めたり巻いたりしておらず、化粧も薄い。かなりの童顔で、服装を変えたら高校生か中学生に見えそうだ。

スーツの衿元に、蛇をかたどった東雲コンツェルンの社章をつけている。リヒトが車の窓を開けると、その女性はぺこっと頭を下げた。

「わたし、臨時総帥の秘書をしております、宇佐美《うさみ》さくらと申します。先ほど臨時総帥が病院からお電話をくださって、義弟さんがいらっしゃるので対応するようにと仰せつかりましたっ！　お車は地下の駐車場へ。その後はロビーまでお越しください」

リヒトが病室を出ていったあと、拓海が手を回してくれていたようである。

一花たちはさくらの指示に従ってホテルの中へ足を踏み入れた。ロビーに掲げられていた案内板によると、ツインタワーホテルは、客室の他にイベントや公演ができるホールや結婚式場、プールやエステサロンなどを備えているらしい。

「イベント当日まで、ホテル全体が東雲コンツェルンの貸し切りになっています。スタッフは泊まり込みですし、前日には海外からお招きする業界の関係者がいらっしゃるので、VIPルームに宿泊していただくんですよ。臨時総帥も、数日前から十五階の一室で寝泊まりされていました」

さくらは一花たちをロビーの一角にあるラウンジに案内し、紅茶を頼んでくれた。話を進めていくうちに、その童顔が暗く沈んでいく。

「このたびは、大切なご家族にお怪我を負わせてしまい、申し訳ありません。臨時総帥は、妨害工作を警戒していらっしゃいました。わたしも、もっと気を付けるべきだった……。臨時総帥から片時も目を離さなければ、こんなことにならなかったのに」

リヒトに向かって、何度も何度も頭を下げるさくら。悲痛な表情を浮かべていて、少しつつけば泣いてしまいそうだ。

「そんなに何度も謝らなくていいよ。それより、拓海はどういう状況で怪我したのかな。『目を離さなければ』って言ってたけど、さくらさんはそのとき、拓海とは一緒にいなかったんだね」

　早速、貴公子探偵の聞き込みが始まった。

　さくらはうなだれたまま、こくりと頭を上下に振る。

「はい。わたしは臨時総帥が階段から落ちたとき、イベント会場となる二階のホールで設営に立ち会っていました。臨時総帥は、二十階の一室で関係者と午前十時からウェブ会議を……。本当はわたしもそこに付き添うつもりだったのですが、臨時総帥から『さくらくんは会場設営の様子を見ていてくれ』と言われたので、ご指示の通りに」

「拓海は『誰かに背中を押された』って言ってたけど」

「そのようです。階段の下で倒れている臨時総帥をイベント関係者が発見して、わたしに連絡をくださいました。わたしは救急車を手配して、臨時総帥や救急隊の方と一緒にそれに乗り込んで病院に行きました。わたしがお怪我の一報を聞いたのは午前十時半ごろ、病院に到着したのは午前十一時を少し回ったあたりです」

　現在は午後一時半を過ぎている。松濤の家に電話をかけ、拓海が怪我をしたことを伝えてきたのが、このさくらだ。

　拓海は救急車の中で、自分が階段から落ちた経緯を語った。病院に着いたあとは、さくらに『戻ってイベントの準備をできる限り進めておいてほしい』と言ったらしい。

「あのっ、みなさんは病院に行かれたのですよね？　臨時総帥の具合はいかがでしたか?! 頭を打っているかもしれないから精密検査するとお医者さまから聞いたのですけど、わたしはホテルで仕事をしていたので、結果を聞いていないんです！」

　さくらは拳を握り締めて、一花たちを見回した。リヒトが「今夜一晩寝てれば問題なさそうだよ」と伝えると、あからさまにホッとした顔つきになる。

（さくらさん、本気で拓海さんのことが心配だったんだなぁ）

　出会ってまだ間もないが、さくらの必死な様子に嘘はないと一花は感じた。『周りの者たちの大半を疑っている』と言っていた拓海も、この秘書にはある程度信頼を寄せているように思う。だからこそ、義弟・リヒトの応対を任せたのだ。

「だいたい事情は分かった。次は現場の階段を確認したいな」

　一通り話が終わると、貴公子探偵は腰を下ろしていたラウンジの椅子からサッと立ち上がった。

「はいっ！　ではご案内します。こちらへ！」

　小柄な秘書を先頭に、ホテル内を移動する。

　二十階にある現場へ向かうためエレベーターに乗り込むと、それまで張り詰めていたさくらの顔にようやく笑みが浮かんだ。拓海が軽傷だと聞いて、安心したのだろう。

「あの、今更ですけど、リヒトさんは今回のイベントでデモンストレーション役のモデルをなさるんですよね。わたしも完成した映像やポスターを拝見しました。臨時総帥が直々にオファーなさったそうですけど、それも頷けますっ！　画面や写真で見るより、実物の方が素敵です！」

さくらに面と向かって「素敵」と言われたリヒトは、「あ、そう」とそっけない返事をするだけだった。さすがは貴公子。女性にもてはやされるのは慣れっこだ。

エレベーターの中で、一花たちは改めて自己紹介をした。

さくらはリヒトと東雲家の関係や、リヒトが探偵と呼ばれていることなど、ある程度の事情を把握していた。拓海が階段から落ちた件を調べたいと申し出ると、できる限り協力してくれるという。

「わたしは、臨時総帥が就任された直後から秘書を務めています。臨時総帥はよく、義弟のリヒトさんのことをお話しされているんですよ。『見た目のよさで言えばリヒトの右に出る者はいない』とか『ずば抜けて頭もいい』とか『リヒトが義弟であることが、私の何よりの自慢だ』って……」

べた褒めである。さくらを通じて義兄の言葉を聞くことになったリヒトは「そんなこと言ってたの？」と頬を少々赤らめた。

そうこうしているうちに、エレベーターが二十階に到着した。

「問題の階段はこちらです」

さくらはエレベーターを出たあと、一花たちを伴って右手に進んだ。長く続くカーペット敷きの廊下の左右には、ルームナンバーのついた扉が並んでいる。

しばらくすると、行く手が大人の背丈ほどもある衝立《ついたて》に遮られた。目立つところに『この先Aブロック』と書かれた紙が貼られている。

「今まで歩いてきたのが、いわゆる普通の客室が並ぶBブロックです。この衝立から先のAブロックには会議室や講習会用の部屋があって、普段は企業などに時間単位で貸し出しているようです。今はホテルごと東雲コンツェルンの貸し切りですので、スタッフミーティングなどに利用しています」

さくらが丁寧に説明してくれた。

「拓海はAブロックにある部屋でウェブ会議をしていたんだね。そのあと移動しようとして、階段から落ちた」

リヒトが確認するように問う。

「はい。臨時総帥はこの先の二〇〇一号室でウェブ会議をしていました。問題の階段は、あそこです」

さくらが指さした先に廊下の突き当たりがあり、そこから上下に階段が延びていた。リヒトは衝立の横をすり抜けて階段に駆け寄り、子細にあたりを眺め回す。

「特に急な階段じゃないね。灯りもついてるから足元もよく見える。拓海は結構うっかりしてるけど、ここから勝手に落ちるなんてありえないよ」

一花と林蔵とさくらも、貴公子探偵と同じように階段付近のチェックをした。

拓海は時々転んで生垣に突っ込んだりするが、ここはそれを差し引いても安全そうだ。

何より『背中に強い衝撃が加わったのは覚えている』という本人の証言がある。一花としても、誰かが故意に突き落としたとしか思えない。

貴公子探偵は顎に指を添えてしばらく黙考したあと、執事に指示を出した。

「林蔵。あそこに防犯カメラがある。多分あちこちについてると思うから、拓海が階段から落ちた時間に撮れた映像を調べてみて」

「あ、防犯カメラの映像は地下一階の守衛室で管理してます。わたしの名前を出せばチェックできますっ！」

さくらがすかさずアシストしてくれた。

リヒトは執事が燕尾服の裾を翻して去っていくのを見届けてから「さて、次」と表情を引き締める。

「さくらさん。倒れていた拓海を最初に発見したのは誰かな。それから、問題の一件が起きたとき、この付近に誰がいたか分かる？」

「えーと、最初に発見したのは……」

とさくらが口を開いたとき、背後から声がした。

「あー？　オレらのこと、呼んだ？」

「呼んだよな？」

いつの間にか二人の男性がいて、一花たちを見つめている。

一人は背がひょろりと高く、もう一人はずんぐりとしていた。ともに年齢は二十代で、おそろいのTシャツとデニム姿だ。

まず、ひょろりと背の高い方が自分を親指で指し示した。

「階段の下で倒れてた臨時総帥とやらを発見したのは、オレとこいつだよ」

ひょろりとした方に脇腹を小突かれ、ずんぐりした方も少し前に出る。

「そうそう。午前中にこのあたりを通ったとき、倒れてる人を見かけたんだ。抱え起こしてみたら臨時総帥だった。で、俺がさくらっちに連絡したわけ」

二人の突然の登場に面食らっていた一花は、ハッと我に返り、さくらに囁いた。

「このお二人は、イベントの関係者か何かですか？」

しかし、それに答えたのはさくらではなく……。

「ややあ、どーもどーも、大谷木凡太《おおやぎぼんた》で～す！」

ずんぐりした方が手もみをしながら満面の笑みを浮かべた。

「どーも。田所《たどころ》サイモンで～す」

ひょろりとした方も、やたらとおどけたポーズを取る。

「二人合わせて『ぼんサイず』で～す！　どうぞよろしく！」

見事に揃った最後のフレーズ。

否応なく漂ってくる場違いな雰囲気に、一花はただただ呆気に取られていた。

3

ぼんサイずとは、ともに二十四歳の大谷木凡太と田所サイモンが結成したお笑いコンビだ。コンビ名は、互いの名前と『盆栽《ぼんさい》』をかけている。

彼らはUNIVERSE=Sのリリースイベントで前座としてネタを披露する予定である。今日は実際のステージでネタ合わせをするため、朝からツインタワーホテルに滞在していたそうだ。

会場の準備が整うまで、二人は二十階のAブロックにある二〇〇七号室で仕事の打ち合わせなどをして待機。十時半ごろ階下の喫煙所で一服しようと一緒に部屋を出て、階段の下に倒れていた拓海を発見した。

その後、拓海のことはさくらに任せ、二人は予定通りステージでネタ合わせをした。それから二〇〇七号室に戻り、ステージでの反省をふまえてノリ&ツッコミの練習をひたすら繰り返していたという。

少し休憩しようと廊下に出たら、階段のあたりで話し込んでいる一花たちを見つけて近づいたというわけだ。

数あるお笑いコンビの中からぼんサイずが前座に選ばれたのは、彼らの持ちネタが海外から来たゲストにも受けると考えられたためである。

ぼんサイずの二人はＳＮＳのアカウントを所有しており、時折短いネタの動画を上げていた。それをたまたま目にした海外のユーザーが『日本のコメディアンの動画を見せたらうちの赤ちゃんが泣き止んだ！』と自分のアカウントで発信したのだ。以来、ぼんサイずには海外からの支持が集まっている。特に子供たちに人気らしい。持ちネタの『英語ジョーク』に、二人はかなりの自信を持っているようだが……。

「オレたちってさ、海に落ちるとどうしても派手な音が立っちまうんだよなぁ！」

「そうそう。日本人だけに、ジャッパァーン!!」

はっきり言って、何一つ面白くなかった。

二人がしきりに「どう？」と聞いてくるので、一花は「いいと思います」と無理やり答えたのだが、そのあとくしゃみを連発してしまったのは言うまでもない。

呆れ顔の一花の隣では、リヒトが腕を組んで口をへの字に結んでいた。真剣に調査をしていたのにお笑いのネタを披露され、怒りが沸騰している様子である。

美少年の血管がぶち切れる寸前、さくらがやんわりとぼんサイずの二人を止めた。

「凡太さん、サイモンさん。聞きたいことがあるんです。お二人が階段の下で臨時総帥を発見したとき、近くにはどなたか別の方がいらっしゃいましたか？」

「えー、どうだったかなー。サイモンは何か覚えてる？」

凡太はいかにも適当に受け答えして、相方に話を振った。サイモンも「知らね」と気のない返事をする。

「あのさぁ、もう少し真剣に答えてくれないかな！　人が一人怪我をしてるんだよ？」

とうとうリヒトが声を荒らげた。

ぼんサイずは二人揃ってビクッと肩を震わせ、さくらとリヒトの顔を代わる代わる見つめる。

「さくらっち～、この子誰？　やたらと綺麗な顔してるけど、芸能人？」

「凡太さん、違いますよ。この方は東雲リヒトさん。臨時総帥の義弟さんです。イベントの当日に、製品のデモンストレーションをやっていただくことになっています」

さくらの説明に、ぼんサイずの二人は「へぇー」と声を揃え、そのままリヒトを無遠慮に眺め回した。

「ああ～、何か『お坊ちゃん』て感じ。臨時総帥もちょっとそういうところあるけど」

「金持ちの息子で、しかもそれだけ顔がいいとなると、もう人生楽勝だろ！」

凡太もサイモンも、本人を前に言いたい放題だ。

なんとなく見下されているような気がして、少しムッとした。が、一花が何か言う前にリヒトがぼんサイずの二人を睨む。

「僕のことはどういう風に言ってもいい。でも、拓海の件についてはちゃんと答えて」

ただごとではないオーラを感じ取ったのか、凡太とサイモンは気まずそうに口を噤み、その場に重い沈黙が訪れた。

再び賑やかになったのは、それから数十秒後だ。

Bブロックの方からカツカツとハイヒールの音が聞こえてきて、一花たちの前でピタリと止まった。

現れたのは、髪を夜会巻きにしてタイトなパンツスーツを纏った女性である。その後ろには、光沢のある生地で作られたスタイリッシュなシャツを身に着けた男性がいた。

「ぼんサイずの声が聞こえたから来てみたんだけど……さくらさん、これは一体何の集まりなの？　どうしてみんなでここにいるの？」

女性の方が、細い腰に両手を当ててさくらに尋ねた。

「あ、ローラさん。こちら、臨時総帥の義弟さんと、そのお連れの方です！　今、臨時総帥が階段から落ちた経緯を説明してて……」

名指しされたさくらが、あわあわと答える。

「ああ、この子、プロモーション映像に出てた子ね。臨時総帥とは母親違いの弟だって聞いてるけど、へー、かっこいいじゃない！」

タイトなスーツの女性はリヒトを見て目を輝かせた。その隣では、スタイリッシュなシャツを纏った男性がぐっと腕を組む。

「君が東雲リヒトくんか。噂には聞いていたけど、ようやく実物と対面できたよ。……お義兄《にい》さんとは全然似ていないね」

目の前の貴公子について一通り感想を述べてから、二人はそれぞれ自己紹介をした。

タイトスーツの女性は、加納《かのう》ローラ。さくらと同じく東雲コンツェルンの秘書課に所属していて、今度のイベントでは司会進行を任されているという。脅迫めいた手紙のせいで降板したプロの司会者の代役である。

スタイリッシュなシャツを着た男性の名は、明智稼頭央《あけちかずお》だ。東雲コンツェルンの傘下で、イベントを専門に扱う会社に勤めている。今回はステージでの演出の他、こまごまとした業務全般を担っているらしい。拓海が全体を管理する立場なら、明智はより現場に近い監督といったところだ。

自ら「四十二歳の厄年だ」と年齢を明かした明智に対し、ローラは黙ったままで、なおかつ見た目からは想像がつかない。ただ、一花より年上であることは確実だろう。

「臨時総帥が階段から落ちた午前十時半ごろ、ローラさんと明智さんはこの付近にいらっしゃいましたか？」

さくらが代表して質問すると、明智はニヤッと口角を上げた。

「まるで警察の取り調べだな。臨時総帥の秘書が、刑事ごっこかい？」

少々ふざけ気味の明智の背中をローラが軽くはたいて、さくらに向き直った。

「臨時総帥が救急車で運ばれたことは聞いてるわよ。階段から落ちたそうね。あたしたちがそのときこの近くにいたかどうか……それが何かこの件と関係あるのかしら」

「関係あるかもしれないから質問してるんだ。やましいことがないなら教えてよ」

リヒトが半分苛立った表情を浮かべて前に出た。

ローラと明智はあからさまにムッとした顔で、貴公子探偵と対峙する。

「まるであたしたちが臨時総師を怪我させたみたいな言い方ね」

「我々は疑われているのか。心外だ」

「別に二人を犯人と決めつけてるわけじゃないよ。ただ、拓海は『誰かに背中を押された』って言ってるんだ。二人は午前十時半ごろ、どこにいた？　怪しい人物を見てない？」

　ローラは片手を腰に当て、もう片方の手でポケットからスマートフォンを取り出した。

「あたし、スマホにスケジュールを細かく入力してるの。ほら見て。午前十時半なら、あたしは明智さんとすぐそこの二〇〇五号室にいたわ。急に司会をやることになったんで、細部の確認をしてたのよ。ねぇ、明智さん」

「ああ。僕とローラは一緒にいたよ」

　ローラのスマートフォンには今日の時刻と予定が並んでおり、十時半のところには『明智さんと打ち合わせ』と表示されている。

　二〇〇五号室は、今いるAブロックの中にある部屋だ。ぼんサイずがいた二〇〇七号室と近く、また、拓海が落ちた階段も目と鼻の先である。

　ローラと明智は「怪しい人物はいなかった」と証言した。その場にいたぼんサイずの二人も、改めて「何も見ていない」と口を揃える。

「ぼんサイずの二人は、いつごろからこのAブロックにいたの？　明智さんとローラさんにも同じ質問をしたい」

リヒトが問うた結果、ぼんサイず、明智、ローラの行動が細かく分かってきた。

まず、ぼんサイずの二人は、午前九時四十七分ごろAブロックの二〇〇七号室に到着している。サイモンがスマートフォンで時刻を確かめたので間違いないそうだ。二人はその後、十時半に部屋から出て拓海を発見している。

ローラは九時五十分前後、明智は十時ちょうどにAブロック付近にやってきた。ローラと明智は十時半ごろ部屋の外が少し騒がしくなっているのに気付いたが、そのまま司会進行の確認作業を続けた。

さくらは胸ポケットから手帳を出し、今までの話をメモした。そのページを破り取って、「ご参考にどうぞ」とリヒトに渡す。

「今日の業務開始は午前九時半でした。臨時総帥はわたしに会場設営の様子を見ているよう指示してから、すぐ二〇〇一号室に向かわれています。ウェブ会議の接続テストがあるので、少し早めに入室されたみたいです。ですから臨時総帥がAブロック付近に辿り着いたのは、おそらく九時三十五分前後ですね」

一花がリヒトの手元を覗き込むと、さくらのメモには拓海の行動も記されていた。親切だし、分かりやすい。

まず、始業と同時に行動を開始した拓海がAブロックに到着。十二分後にはぼんサイずの二人が来て、ローラ、明智が続いた形である。

「あっ、すみません、電話がかかってきたので失礼します」

一花とリヒトがメモを見ていると、さくらが断りを入れてから自分のスマートフォンを耳に押し当てた。

「――。――――……！」

次の瞬間、一花の耳に聞き慣れない言語が飛び込んできた。見れば、さくらが薄い機械に向かって笑顔で何か話している。

「フランス語だね」

リヒトがそっと囁いた。

「えぇ、そうなんですか？」

一花はフランス語など全く分からないが、聞こえてくる言葉がとても流暢なことだけは把握できる。

やがて、さくらが電話を切ってぺこっと頭を下げた。

「すみません、急ぎの用事ができたので、わたし、イベントの設営に戻らなければいけなくなりましたっ！」

「僕たちのことはいいから行ってきなよ」

リヒトが促すと、小柄な秘書は「すみません、すみません」と言いながら廊下を小走りで去っていく。

「あんなに外国語が話せるなんて、さくらさんすごい……」

一花が呆然と呟くと、凡太が「ちょっと小耳に挟んだんだけどさ」と反応した。

「さくらっち、ああ見えて英語とフランス語がいけるトリリンガルらしいぜ」

サイモンもすかさず補足する。

「会計士かなんかの資格も持ってるし、茶道と書道は師範代だってよ」

「本当ですか！　優秀すぎます」

さすがは大企業で秘書を務めているだけのことはある。

一花がひたすら感心していると、リヒトがさくらの残したメモを見ながら首を傾げた。

「拓海とここにいる四人の他に、Aブロックに立ち入っていた人はいないの？　僕はスタッフ全員の行動を確認したい」

「スタッフ全員の行動、だって？」

明智が声のトーンを上げた。「はっ」と鼻で笑ったあと、意地の悪そうな顔をしてリヒトと向かい合う。

「リヒトくん。君は何の権限があってこの件を調べているのかな。刑事ごっこなら公園でやってくれ。僕たち大人は、君と遊んでいる暇なんてないんだよ」

あからさまな子供扱い。リヒトが一番嫌がる言い方だ。

案の定、すんなりした手が明智の胸倉に伸びる。

「――調べたらおかしいかな。身内が怪我したんだ。しかも、誰かに背中を押されたと言ってる。僕は何としてでも、犯人を捜す！」

「リヒトさん、落ち着いてください」

もはや一触即発の雰囲気である。一花は慌てて二人の間に割って入った。

「あー、ほらほら。明智さんも穏便に穏便に」

明智の方は、凡太が宥める。

それを少し離れた位置から見ていたローラが「やれやれ」と肩を竦めた。

「明智さん。所詮は子供のやることよ。大目に見てあげなさいな。……ごめんなさいね、坊やたち。ここは大人の仕事場だから、もう帰りなさい」

ローラは「ごめんなさい」と言ったが、明らかに謝っている態度ではない。さらに、横合いからサイモンが口を出してきた。

「そもそもさー、誰が臨時総帥を怪我させたかなんて分かるわけないじゃん。調べに来てるってことは、怪我した本人は犯人を見てないんだろ。それにさ、オレが万が一何か目撃してたとしても、そうやって突っかかってこられると話したくなくなるんだけど」

凡太もこれに便乗した。

「臨時総帥は自分で落ちたかもしれないしなー。怪我したのは気の毒だけど、犯人捜しとやらに巻き込まれるのはごめんだね。俺たちだって暇じゃない。イベントの準備を頑張らなきゃいけないしさ。だからその辺頼むよ、少年探偵団！」

一花が腕にしがみついていなかったら、リヒトは四人に飛びかかっていただろう。

その場をひとまず鎮めたのは、高らかな電子音だった。

リヒトは一つ大きく息を吐いて、音の発生源である自分のスマートフォンを取り出す。

かかってきた電話に耳を傾け、「分かった」とだけ答えて通話を終了した。

「一花、林蔵から連絡が来た。とりあえず守衛室に行こう」

「あ、は、はい！」

足早にその場から立ち去ろうとする貴公子の背中を、一花も追いかける。

残った四人の視線がいつまでも纏わりついている気がして、背筋が少し寒くなった。


守衛室に着くと、そこには林蔵だけがいた。ツインタワーホテルでは二人の守衛を雇っているが、今は定時の巡回に出ているそうだ。

室内は狭く、四畳半ほどの空間の大半はいくつかに分割されたモニタとそれに付随する機械に占領されている。

モニタに映っているのは、ホテル内のいろいろな場所だ。監視カメラの映像をリアルタイムで見られるようになっているらしい。

「秘書の宇佐美さまのお名前を出し、この林蔵が監視カメラの映像をチェックいたしました。しかし……」

林蔵は分割されたモニタではなく、少し離れたところにある小さな液晶モニタを指し示した。

「こちらが、二十階を写した映像になります。同フロアにあるカメラは、全部で五台。今画面に流れているのは、アングル別に抜き出したものでございます。拓海さまがお怪我をされた午前十時半の前後一時間ずつを、早送りにいたします」

林蔵がリモコンを操作しながら説明する。

画面を食い入るように見つめていたリヒトが、やがて「あれ？」と声を上げた。

「おかしい。『事件現場』が全然写ってないじゃないか！」

言われて一花も気が付いた。

小さな液晶モニタには、五つのアングルから捉えた映像が順に流れている。しかしその中に、拓海が落ちた階段はおろか、Aブロック自体がまるで写っていなかったのだ。

「守衛の方にお尋ねしたところ、数日前までは五台のカメラがフロア全体を網羅していたとのことです。どうやら、何者かがカメラの角度を僅かに変えたものと思われます」

ホテル内には防犯カメラの数がやたらと多い。全部で数百個あるとのこと。動かされていたのは数個のカメラのみで、守衛はそれに気付かなかったのだ。

「あちらの端末でカメラを遠隔操作し、写す範囲を調整できます。さらに、守衛の方が定時巡回されている間、この部屋は無人になるとのこと。イベント関係者の中でもある程度上の立場にいる方なら、このあたりの事情を知っていたと思われます」

林蔵の説明を聞いて、リヒトは顔を顰めた。

「ちょっと詳しい人なら、無人の守衛室に忍び込み、防犯カメラを動かして死角を作ることができたわけか。そこまで念入りに手を回しておくなんて、完全に計画的な犯行だね」

一花は背筋がゾーッとしてきた。計画的……すなわち明確な悪意を感じる。

「あのー……どなたかいらっしゃいますかぁ？」

重たい空気が、そんな遠慮がちな声でかき消された。

「あ、さくらさん！」

一花は、狭い室内に滑り込んできたさくらを見て、幾分ホッとした。あどけないと表現して差し支えない顔を眺めていると、心が和む。

「ああよかった。みなさん、こちらにいたんですね。用事を終わらせて二十階に戻ったら、誰もいなかったので……」

さくらは胸を撫で下ろして笑顔になった。

ぼんサイずの二人と明智、ローラの四人は、一花たちが守衛室に向かったあと階段付近から撤収したようだ。

リヒトはさくらに、防犯カメラが動かされていたことを報告した。それから、さっき四人に言ったことを再び口に出す。

「僕はスタッフ全員の行動を確認したい。例の四人の他に、事件があった時間、現場の近くに誰がいたのか把握したいんだ」

さくらは「うーん」と首を捻った。

「スタッフ全員の行動を把握するのは難しいかもしれません……。今、東雲コンツェルンの社員だけでも百人以上がこのホテルに滞在しています。単独行動をしていた者も多いですから、一人一人に会って何をしていたか聞き出すことはできても、裏付けが取れないのではないでしょうか」

　至極もっともな理屈である。名探偵リヒトも納得したようで、それ以上無理を言わず口を噤んだ。

「お力になれず、申し訳ありません。あ……でも、こんなものを見つけました！」

　さくらは恐縮した面持ちで、スーツのポケットから何かを引っ張り出した。

　よれよれの紙切れだ。一度丸められたものを、手で伸ばしてあるらしい。

「『点検中、危険。メンテナンス業者以外、区画内立ち入り禁止』……？」

　リヒトが紙面に太いマジックで書かれている文字を読み上げた。そのままさくらに「これは何？」と問う。

「わたし、さっき清掃係の方とすれ違ったんです。一人でゴミの回収をなさっていたので少しだけ手伝ったら、Aブロックの一室に置かれたゴミ箱の中からこの紙が出てきました。清掃係の方のお話では、今日の十時前、AブロックとBブロックを仕切っている衝立にこの紙が貼ってあったとか……」

「十時前？　拓海がウェブ会議をする直前ってことかな」

「正確には、九時四十分から四十五分ごろですね。清掃係の方は毎日正確に、ほぼ分刻みでお仕事をなさっていて、いつもその時間にAブロックのゴミを回収するそうです」

　しかし、今日は立ち入り禁止と書いた貼り紙があったので、Aブロックのゴミ回収を後回しにしたらしい。

さくらはさらに説明を続けた。

「わたし、ちょっと気になって他の人にも聞いたんですけど、何人かの社員も同じものを見たと言っていました。Aブロックにある部屋を使おうと思って行ってみたらこの貼り紙があって、みなさん諦めて引き返したみたいです」

「こんな貼り紙、僕が見たときはなかったけど」

リヒトはよれよれの紙を片手に考え込む。

AブロックとBブロックの間にあった衝立なら一花もさっき見ているが、そこには『この先Aブロック』という紙が掲示されていただけで、立ち入り禁止の文字はなかった。

「わたしが凡太さんから連絡をもらって、倒れていた臨時総帥のところに駆けつけたときも、そんな貼り紙はなかったんです。特に危険なものも見当たりませんでした。いつの間にか紙が貼られて、いつの間にか剝がされてたみたいですね」

さくらも「何が何やら分からない」といった様子だ。そこへ、林蔵が口を挟む。

「紙には『点検中』と書かれておりますが、何か作業があったのですかな？」

「少なくとも、わたしは聞いていません。点検があると知っていたら、臨時総帥がAブロックへ向かう前に伝えます。ウェブ会議なのに、部屋が使えなかったら大変ですから」

「秘書のさくらさんも知らない『点検』か……」

リヒトはポツリと呟いた。

だが特に閃くことはなかったようで、そのまま悔しそうに唇を嚙み締めた。

4

さくらの話によると、拓海が階段から落ちた時間、東雲コンツェルンの社員やイベントの関係者の多くは会場である二階のホール付近で仕事をしていたようだ。

その他、めぼしい目撃証言などは出てこず、一花たちはほとんど何の成果もないまま松濤の家に引き上げることとなった。

帰宅してから、リヒトはずっと険しい顔をしている。現在は夜の九時を回っているが、今はリビングのソファーに腰を下ろして黙りこくっていた。

一花はただ、それを見守っている。

「リヒトさま、執事が失礼いたします。防犯カメラの映像を確認いたしました」

やがて、執事がリビングに顔を見せた。

ツインタワーホテルを出るとき、念のため守衛室から防犯カメラの映像を借りてきたのだ。二十階のAブロックは写っていなかったものの、他の部分に手掛かりがあるかもしれないというリヒトの判断で、すべてのフロアの分を持ち帰った。

「午前九時から正午までの映像をくまなく確認いたしましたが……やはり、証拠らしい証拠は写っておりませんでした」

林蔵は、少し前から別室で映像のチェックをしていた。

有能な執事兼探偵助手の目をもってしても手掛かりが見つからないということは、防犯カメラには本当にたいしたものが写っていなかったのだろう。

「あの四人のうち、誰かの仕業だと思うんだ」

リヒトはこめかみに長い指を当て、虚空を睨んだ。

あの四人というのが誰を指すか、一花にもすぐに分かった。ぼんサイずの二人と加納ローラ、そして明智稼頭央のことである。

彼らは妙に刺々しかった。リヒトが初めから彼らを疑うような言動をしたのがまずかったのかもしれないが、それにしてもあの態度には腹が立つ。

「四人のうち誰かが拓海の背中を押した。そうとしか思えない。だけど誰がやったか絞り込めない。証拠もない」

リヒトの言う通りだ。今のままでは、全く謎が解けない。

時が過ぎるにつれて、リビング内の空気が重くなった。それに堪えきれなくなった一花は、ポンと一つ手を打つ。

「リヒトさん、林蔵さん。少し休みませんか？　何か口に入れましょう。頭を使うにはエネルギーが必要です。今日は夕食も少なめでしたし」

ツインタワーホテルから帰ってきたあと夕食を取ったが、気疲れしていたのか、リヒトはいつもの半分ほどしか食べていない。林蔵も一花も似たようなものだ。

「……そうだね。気分を変えた方が、いいかもしれない」

「じゃあ私、軽食を用意しますね！」

リヒトの同意を得た一花は、キッチンに駆け込んでいそいそと冷蔵庫を開けた。

（あ、『あれ』が残ってる。だったら——ああしてみよう！）

閃き、即、実行。

ちゃっちゃっと手を動かし、二分ほどで再びリビングに戻った。リヒトと林蔵はテーブルについており、一花も二人の前にそれぞれ皿を置いてから座る。

「一花。これ、何かな？」

リヒトは目の前の皿をしげしげと見つめた。林蔵も主に倣う。

「ポテトサラダ、ですかな。何やら上にソースがかかっておりますが」

「林蔵さん、正解！　ベースは夕食に出したポテトサラダの残りです。そこに、お好み焼きソースと青海苔をチョイ足ししました！」

一花がパチパチと拍手すると、リヒトが「へぇー」と表情を明るくした。

「お好み焼きソースか……。お好み焼きって、小麦粉と卵を混ぜた生地に具を合わせて焼いたもの、でいいんだよね？　食べたことはないけど、名前だけ知ってる」

一花にフォークを差し出されたリヒトは、「いただきます」と唱えて、皿の上に盛られた『お好み焼き風ポテトサラダ』をすくった。

「美味しい！　このソース、初めて食べたけど、甘辛さのバランスが絶妙だね。ポテトサラダと絡むといくらでも食べられる。青海苔の風味もマッチして、最高だよ！」

小さなおにぎりほどの大きさに盛ったポテトサラダが、みるみるなくなっていく。

主のリヒトに促されて、一花と林蔵もフォークを手に取った。

「お好み焼きの味わいにマッシュポテトの食感が加わって、新たな一品になっておりますな。夕食のときにいただいたポテトサラダとはまるで別物。さすがは一花さんです」

林蔵にストレートに褒められて、一花は少し照れた。

ただのポテトサラダをお好み焼き風の新しいメニューに変えたのは、チョイとかけたソースと青海苔である。

「お好み焼きのソースと、青海苔、そしてポテトサラダに含まれているマヨネーズ。この三つがまさに『お好み焼きの味』を生み出すんです。三つが全部合わさることで一つの味を構成するんですよ！」

「全部、合わさる……？」

リヒトがそこで、ふいにフォークを置いた。皿の上はすでに綺麗になっている。

やがて、透き通った青い瞳にキラリと光が宿った。

「一花、それだ！　僕は今回、『誰が拓海を怪我させたのか』ということにこだわりすぎてた。そのせいで全体が見えなくなってたんだ。ありがとう――ポテトサラダにソースと青海苔をかけてくれたお陰で、謎が解けたよ」

「え、リヒトさん、一体どういうことですか……？」

突然名前を呼ばれて戸惑う家政婦をよそに、貴公子探偵は猛然と立ち上がった。

「林蔵。病院に連絡して、拓海を電話口に呼び出すように伝えて」

「かしこまりました」

執事は自らのスマートフォンを取り出し、画面を素早くタップした。電話に出た相手と二言、三言やり取りをしてから、機械ごとリヒトに手渡す。

「もしもし、拓海？　え、僕と話せて嬉しい？　そんなこと言ってる場合じゃないよ。聞きたいことがあって電話し……だからさ、世間話をしてる暇なんてないから！」

やや赤面していたリヒトは、少しして「いい加減に本題に入らせてよ」と大声で言い、改めてスマートフォンを握り直した。

「あのさ、拓海。無事にリリースイベントを開催できるなら——多少費用がかさんでもいいよね？」

貴公子探偵は、電話口の義兄に向かって不敵な笑みを浮かべていた。


一週間後。

リリースイベント当日である。一花たちはツインタワーホテルの二十階にある二〇〇一号室にいた。十畳ほどの室内には、他に四人の人物がいる。

「なぁ、オレたち何でここに呼ばれたんだ？」

ぼんサイずの一人、田所サイモンが欠伸を噛み殺しながら言った。

「さくらっちがこの部屋に行けって言うから来たけど、俺らに何か用？　そろそろイベントの準備に入りたいし、さっさと済ませろよな」

サイモンの隣で、相方の大谷木凡太が怪訝そうな顔をしている。

「あたしも司会の仕事があるから、もう会場に行かなきゃいけないのよね」

「我々大人は、いろいろ忙しいんだよ、リヒトくん」

加納ローラと明智稼頭央も、不満げに一花たちを眺めていた。

貴公子探偵は、壁に掛かった時計が午後一時を示すのを待ってから、静かに語り出した。

「拓海は、やっぱり誰かに背中を押されたんだよ」

場の空気が一気に凍り付いた。

四人の中で、サイモンが真っ先にいきり立つ。

「誰かって誰だよ。どうせオレたちを疑ってるんだろうが、どうやって犯人を特定するんだ。そんなこと、できっこない」

凡太が「そうだそうだ！」と相方に同調した。ローラと明智も、余裕の表情を浮かべている。

「犯人は――あなたたち全員だよ」

リヒトは優雅な笑みを浮かべて、全員を順に指さした。

放たれた一言と美少年の凄まじいオーラに驚愕したのか、四人は息を呑む。

「全員が犯人って、何よそれ。まさか四人で臨時総帥を突き落としたって言うの？　そんな馬鹿な話、あるわけないでしょ。みんなでぞろぞろ近づいたら、いくら臨時総帥だって途中で気付くわよ」

　ローラがぷんぷん怒り出した。

「そうだね。だから実際に拓海の背中を押したのは、四人のうち誰か一人なんだよ」

「その一人って誰よ。犯人を絞り込めるの？」

挑むようなローラの眼差しを受けて、貴公子探偵は一瞬顔を伏せた。

　しかしすぐに相手を睨み返し、凛とした声を発する。

「絞り込む必要、ある？　実行犯は一人だけど、残りの三人はそれをアシストしてるよね。つまり、共犯ってやつだよ」

「共犯……だと」

　明智が眉を片方吊り上げた。

「そうだよ。共犯さ。あなたたち四人は——専務派が送り込んできたスパイだ」

　これこそが、貴公子探偵が辿り着いた結論である。

　一花は林蔵とともにあらかじめ推理の内容を聞いていたので、この場ではさほど驚かなかった。

　だが、当の四人がすんなり認めるはずがない。

「は？　専務派ってどういうことだよ。オレや凡太はただの芸人だぜ。東雲コンツェルンはなんだか揉めてるみたいだけど、オレらには関係ない」

　案の定、サイモンが反論してきた。凡太も一緒になって頷いている。

リヒトはそんな二人に鋭い目を向けた。

「初めは関係なかったんだろうけど、お金を渡されれば別だよ。イベントに出ることが決まってから、二人は専務派に買収されたんだろう？」

その途端、ぼんサイずは揃って顔を引きつらせた。貴公子探偵の視線が、今度はローラと明智を捉える。

「ローラさんと明智さんも、専務派に買収されたスパイだね。東雲コンツェルンの総帥派は、妨害工作を危惧して今回のイベントから専務派を一切排除した。だから専務派のトップは、あなたたち四人にお金を渡してスパイにしたんだ」

「待て。我々が共謀して臨時総帥を怪我させたただと？　ありえない。証拠などないはずだ。それとも、防犯カメラに何か写っていたのかい？」

明智が反論してきた。自信に満ちた表情を浮かべていて、まるで『防犯カメラの映像が証拠にならない』ことを知っているような口ぶりである。

……いや、実際に知っているのだ。一花はそう確信した。

「ここに、事件当時の行動をまとめたメモがある。とりあえず見て」

リヒトはポケットから紙切れを取り出した。

四人と拓海の行動をそれぞれまとめたメモだ。先日、さくらが自分の手帳に書いて渡してくれたものである。

内容は、以下の通り。

①9時30分　始業
②9時35分　臨時総帥、Aブロックの二〇〇一号室へ
③9時47分　ぼんサイずのお二人、同二〇〇七号室に入室
④9時50分　加納ローラさん、同二〇〇五号室へ
⑤10時00分　明智稼頭央さん、同二〇〇五号室へ（以降司会の打ち合わせ）
　　　　　　臨時総帥、ウェブ会議開始
⑥10時30分　階段下で倒れている臨時総帥をぼんサイずのお二人が発見、宇佐美に連絡

「この内容に間違いはないよね？」

　リヒトに問われた四人は同じタイミングで頷いた。「だから何なんだ」と言いたげな感じである。

「実は、このメモはまだ未完成なんだ。……林蔵、何か書くものを」

　差し出された貴公子の手に、執事が銀色のボールペンを握らせた。

　リヒトは紙にサラサラと文字を書き込んで、「これで完成」と満足そうに頷く。

　四人は顔を突き出すようにしてメモを眺めた。さくらが書いた②と③の項目の間に、以下の文が挿入されている。

『9時40分～45分　清掃係が貼り紙を発見』

林蔵が素早く一枚の紙を広げた。貴公子探偵は、くしゃくしゃになっているそれをゆっくりと指さす。

「これが清掃係の人が発見した貼り紙だよ。『点検中、危険。メンテナンス業者以外、区画内立ち入り禁止』って書いてある。AブロックとBブロックを隔てる衝立に貼ってあった。ちなみに、九時三十五分ごろ拓海がAブロックに着いたとき、こんな貼り紙はなかったそうだよ」

リヒトの話を聞いていた凡太が、うんざりと顔を顰めた。

「だからどうしたって言うんだ。ただの貼り紙だろ。何か問題でもあるのか？」

「問題だらけだよ。だって『立ち入り禁止』って書いてあるんだよ？　ぼんサイずの二人は、どうしてこの貼り紙を無視したの？」

「えっ……」

凡太は口を半開きにして固まった。サイモンも目を白黒させている。

「ローラさんと明智さんにも聞きたいな。メモに追記した通り、九時四十五ごろ『危険』かつ『立ち入り禁止』と書かれた紙が衝立に貼られてた。なのに、それ以降に来た二人は堂々とAブロックに立ち入ってる。他の社員は貼り紙を見て引き返したって言ってたよ。どうしてそうしなかったの？」

ローラと明智は、互いに顔を見合わせたあと、揃って俯いた。リヒトは黙りこくっている四人を順に見つめ、溜息を吐く。

「誰も答えられないみたいだから、僕が言うよ。この貼り紙をしたのはあなたたちだ。拓海がAブロックにやってきたのを見計らって衝立に掲示したんだね。そのとき、拓海とあなたたちの他に、付近に人がいないことを確認した」

次第に、四人の顔が青ざめていく。貴公子探偵はさらに畳みかけた。

「要するに、あなたたちは貼り紙を使って人払いをしたんだよ。拓海の背中を押す瞬間を、第三者に目撃されたらアウトだからね。だからこそ、守衛室が無人のときに防犯カメラの角度も変えておいた」

つまり、点検というのは真っ赤な嘘。四人は貼り紙に書かれた内容が真実ではないと知ったうえで、Aブロックに堂々と足を踏み入れたのだ。

万が一警察などの捜査が入った場合、Aブロックにいたのが拓海の他に実行犯一人だと確実に怪しまれるが、四人もいればごまかせる。

一味はAブロックから人を追い出すのと同時に、四人で固まって口裏を合わせることで、誰が犯人か分からないようにしたのである。

「そもそも、犯人を一人に絞る必要なんてなかったんだ。四人全員が共犯なんだからね。本来の司会者に妙な手紙を送ったり、細かい妨害工作を仕掛けたりしたのもあなたたちだろう。そうやって、リリースイベントを潰そうとしたんだ！」

リヒトの声が、あたりに響き渡る。

その余韻が消えるころ、パチパチと場違いな拍手の音が聞こえてきた。

「――見事だ。やはり君は予想以上に優秀だな。東雲リヒトくん」

明智はそう言って口角をくいっと引き上げると、手を叩くのをやめた。

「僕が言ったこと、認めるの？」

リヒトは明智を見据える。

「ああ、認める。もう隠しても無駄だろうから、真実を伝えよう。臨時総帥を突き落としたのは、この僕だ。ローラと一緒にいたことにして、アリバイを作った。ぼんサイずの二人も、もろもろの妨害工作に加わっている。君が言った通り、我々四人は共犯だ」

もはや悪びれる風もなく自白した仲間を見て、サイモンが肩を落とした。

「オレも凡太も競馬好きなんだ。毎回つぎ込んでたら生活が苦しくてな。専務派の手伝いをしたら礼金がもらえるって言うからさ……」

「あたしも、お給料だけじゃカードの支払いができなくて……。そんなときに専務から呼び出されて『こちら側に寝返ってくれたら報奨金を払う』と言われたのよ」

ローラもぶつぶつと言い訳をしている。

「明智さんも、お金に困ってたの？」

リヒトに問いかけられた明智は、わざとらしく肩を竦めてみせた。

「金銭ごときで動く人間と思われるのは心外だな。僕が専務派に加担したのは、東雲コンツェルンをよりよい企業にするためだ」

「よりよい企業、だって？」

「そうだ。このまま行けば、総帥の地位は東雲拓海に引き継がれる。だが、ぬくぬく育っただけの長男坊に、総帥の器があると思うかい？　この馬鹿らしい既定路線に、僕は絶望しているんだよ。だから、総帥派に立ち向かう専務派に肩入れしたくなった」

「拓海を総帥にしたくないから、怪我をさせたの……？」

リヒトは肩をわなわなと震わせた。今にも怒りが爆発しそうだ。

「東雲拓海を表舞台に出したくなかった。何せ我々は、このイベントを利用して、リヒトくんの名前を大々的に発表するつもりだったからね。無論――次期総帥として」

「僕が、次期総帥……」

「そうさ。我々四人はまず、準備を妨害した。段取りの悪さを強調して統率力に問題があると思わせ、東雲拓海がイベントから外れるように仕向けたんだ。だが、相手はなかなかしぶとかった。こうなったら、怪我で離脱してもらうしかない。……東雲拓海が肝心なときに不在となれば、注目を集めるのは君だよ、リヒトくん。モデルとしてステージに上がった君を見て、多くの人が感心するはずだ。そんな君を次期総帥にすると言えば、確実に支持が集まる。総帥派の面々も多少は寝返るだろう。我々の狙いは、そこにある」

明智は勝手な言い分を重ねた。

一花は悔しくてたまらなかった。拓海の足を引っ張るだけでなく、危害を加えるなんて最悪だ。

「君は義兄よりよっぽど優秀だ。……残念ながら東雲拓海は一日で退院したが、今からでも遅くない。ステージに上がって、自分が次期総帥だとスピーチしてくれ。我々は、君を仲間に加えたい。さぁ、握手だ」

「僕は、総帥なんかに興味はない」

リヒトは差し出された明智の手をはねのけた。しかし、相手は引かない。

「我々はリヒトくんのことも調べている。君は、東雲の本家からないがしろにされているだろう。そろそろ一矢報いたいとは思わないかい？　君が我々の側についてくれれば、東雲コンツェルンの未来は明るい」

「そうよ。あたしたちと一緒に頑張りましょ」

ローラも握手を求めてきた。

君を仲間に加えたい——大人に裏切られ続けたリヒトにとって、それは初めての言葉だったかもしれない。

差し出された手を見ながら、貴公子探偵はゆっくりと口を開いた。

「明智さん。拓海を階段から突き落としたのは、あなたなんだね」

「そうだ。背中を一押ししただけで無様に落ちていったよ。君は東雲家の連中をよく思っていないんだろう。いい気味じゃないか」

「…………」

だらりと下がっていた貴公子探偵の腕が、ふいに持ち上がった。

次の瞬間、鈍い音がした。明智が派手に倒れ込む。リヒトが全力で、自分の拳を相手の腹に叩き込んだのだ。

「リヒトさん！」

「リヒトさま」

一花と林蔵が、まだ拳を振り上げようとする主の身体を押さえた。

リヒトは潤んだ瞳を細くして、大声で叫ぶ。

「拓海は誰よりも頑張ってる。僕は嘘を吐かれるのが嫌いだけど、努力してる人を馬鹿にするのはもっと嫌いなんだ。何よりも――僕の義兄《にい》さんを傷つけたこと、絶対に許せない！」

「……残念だね、リヒトくん。交渉決裂だ」

ぼんサイずの二人に抱き起こされながら、明智は腹を押さえた。

「金輪際、僕たちに近づかないでくれる？　拓海の邪魔をしようとしたら、何度でも僕が阻止するから」

「あ？　阻止するだって？　あはは、無理無理。もう遅いって」

ぼんサイずの片割れ、サイモンが突然笑い声を立てた。リヒトが睨むと、どこか得意げな顔をする。

「実はさー、オレ、イベント会場に妨害工作を仕掛けたんだよね。あちこちで爆竹が暴れたり、スクリーンの映像が途切れたり、スプリンクラーが誤作動したりするはずだぜ」

とんでもないことを口にしたサイモンを見て、ローラがぷっと噴き出した。

「やだ、あなたそんな仕掛けをしてたの？　子供っぽいけど、面白いわね」

「臨時総帥は軽傷で済んだだろ？　もうこの際、客を混乱させてイベント自体をぶち壊してやろうと思ってさ。イベントの失敗は、総帥派にとって大ダメージだ。だからオレ、相方とちょっくら頑張ったんだよ。な、凡太」

　サイモンは相方に視線を送った。

「そーそー。俺も会場にいろいろと手を加えといた。イベントが始まったら客が大騒ぎするぞ。あ、詳しい内容は秘密だ。言っとくが、仕掛けた数は十や二十じゃ済まないぜ。それらが全部作動したら……すげぇ大変だろうなぁ～」

　凡太は、サイモンと同じくらい下衆な笑みを浮かべている。

　彼らの傍らにいた明智が、壁の時計をわざとらしく指さした。

「大変だよリヒトくん！　イベントの開始は一時間半後の午後三時だ。それまでにぼんサイずの二人が会場に仕掛けたものをすべて撤去しないと、大騒ぎになる。どうかな。無事にイベントを開催することができそうかい？」

「まぁ、無理ね」

　ローラが冷たく吐き捨てた。

　スパイの四人は思い思いのポーズで勝利を確信しているようだ。その間にも、時計の針は刻一刻と進んでいく……。

「――言いたいことはそれだけ？」

貴公子探偵の一言で、場の空気が一変した。ぼんサイず、ローラ、明智は、笑みを引っ込めて目を見開く。

「四人とも甘いね。あなたたちが会場に何か仕掛けるのは想定済みだ。この一週間、僕が手をこまねいていたとでも思った？」

淡々と言うリヒトに、凡太が頭《かぶり》を振った。

「今から俺たちの仕掛けを全部回収するなんて無理だ。絶対に見落としがある。いくつあると思ってるんだ！」

間を置かず、サイモンもずいっと前に出る。

「凡太の言う通りだ！　仕掛けが一つでも発動したら、あのぼんくら臨時総帥は確実にまごつく。そうなりゃ醜態が晒されて失脚だ！」

「……だからさ、そういうの、全部想定済みだって言ってるんだけど」

リヒトはぼんサイずの二人をぴしゃりと一蹴し、パチンと指を鳴らした。

それを合図に、執事があらかじめ部屋に持ち込んでいたノートパソコンを起動した。ホテル内に飛んでいるＷｉ‐Ｆｉを使ってインターネットに接続する。

「あ、あれっ！　ライブストリーミング、始まってる！」

凡太が先にパソコンに齧りついた。……が、明智がそれをずいっと押し退けて画面に釘付けになる。

「そんな馬鹿な！　なぜイベントの様子が配信されてるんだ。まだ開始時刻になっていないはずだろう！」

「映し出されているのは、紛れもなくＵＮＩＶＥＲＳＥ＝Ｓのリリースイベントだよ。実は、イベントはついさっき……午後一時に始まってるんだ」

貴公子探偵は悠然と述べた。

驚愕の表情を浮かべている四人に向かって、さらに言葉を重ねる。

「開始時間を前倒しすることは、昨日のうちに関係者に伝えてある。あなたたちの耳には入らないようにしてたんだ。遠方からの来客はほとんどが前のりしてホテルに宿泊してたし、さほど混乱はなかったよ」

「いや、そんなわけないだろ！　会場にはたくさん仕掛けがしてあるはずだぜ。いくら時間を早めても、滞りなく開催できるわけが……」

前のめりになる凡太を、リヒトは手ぶりで制した。

「あのさぁ、四人とも、ここが『ツイン』タワーホテルだってこと、忘れてるんじゃないの？」

「……あ……ま、まさか、まさか！」

絞り出すような声で呻きながら、明智がすとんと膝をついた。

「明智さん。どうやらピンときたみたいだね。その通り。イベント会場を『隣』に変更したんだ。全く同じ造りの『双子の棟』にね」

貴公子探偵の最後の秘策は『同じ会場をもう一つ作る』ことだった。

ツインタワーホテルは、実は東棟と西棟の二つのタワーで構成されている。両者とも外観から内装までそっくり同じだ。

本来イベントを開催する予定だったのは東棟だが、リヒトは拓海に指示を出して、西棟に全く同じ会場を急遽作らせた。

東棟にあったものはスパイたちが手を加えている可能性があるので、マイクやスピーカーなど、何から何までもうワンセット揃えている。

「あなたたちに会場を変更したことが知られたら元も子もない。情報を伏せるのに一番気を遣ったよ。でも、万事上手くいった」

もはや魂が抜けかけている四人を前に、リヒトは悠然と微笑んだ。

西棟に新たに会場を設営するにあたり、特別チームが編成されている。メンバーは拓海とさくらが『この人なら確実に信頼できる』と思った者のみ。少数精鋭のミッションだ。

明智たち四人はおろか、スタッフの大半がその秘密のミッションを知らなかった。ゆえに特別チーム以外は、昨日まで東棟で作業を続けていたのだ。

そうやってカムフラージュしつつ、特別チームは一週間で無事作業を終えた。

明智たちを除くスタッフに会場や時間の変更を伝えたのは、イベント直前の昨夜である。急な知らせとなったが、西棟と東棟では間取りが全く同じなので進行に何ら問題はない。すぐ隣の棟に移るだけなので、パニックも起きなかった。

（でも、結構高くついたよね……）

一番のネックは金銭面だ。

同じ小物をもうワンセット揃えるだけでも出費がかさむのに、さらに会場設営を一からやり直し。その分がどーんと上乗せになる。

だからこそ、リヒトは拓海に聞いたのだ。『多少費用がかさんでもいいよね？』と。

「……ちょっと待って。イベントの司会は、あたしなんだけど」

リヒトの説明を聞いていたローラが、呆然と自分を指さした。

「ああ、司会なら、さくらさんがやってるよ。急な代役だけど、彼女はとても優秀だから、安心して任せた」

「嘘！　嘘でしょ！」

ローラはその場にへたり込んでしまった。それを避けるようにして、凡太とサイモンが前に出てくる。

「おい、少年探偵。前座はどうしたんだよ」

「そうだよ。オレらが英語ジョークをやるはずだったのに」

「前座？　そんなのはカットしたけど。特に問題なかったよ」

ライブストリーミングの画面では、今もイベントが順調に進んでいる。閲覧数もかなり伸びているようだ。

明智はパソコンとリヒトを見比べながら、口をパクパクさせた。

「デモンストレーション役のモデルはどうなったんだ。……リヒトくん。本来は君の役目だったはずだ」

「それは拓海がやることになった。僕が出演したのは冒頭の映像のみだ。臨時総帥自らがステージに上がるデモンストレーション、割と評判がいいみたいだよ」

リヒトはパソコン画面の一角を示す。

そこには、ライブストリーミングを見ている視聴者のコメントが順に流れていた。

『新機種、よさそう』

『デモンストレーションしてる人、東雲コンツェルンの新しい総帥だって？』

『説明丁寧でイイネ』

『割とイケメン』

『へーこの人が次の総帥かぁ』

『俺は司会の子がかわいいと思います』

『冒頭の映像に出てきた男の子は誰？　天使？』

『今からUNIVERSE=S買いにいってくる!!』

こんな調子でコメントが続々と寄せられている。日本語だけではなく、外国語のものも多かった。

何もかもが、東雲コンツェルンの未来を明るく照らしているような気がする。

「拓海が次期総帥だということが、今日、内外に広く知れ渡ったはずだよ」

貴公子探偵は、静かな言葉で謎解きの幕を下ろした。

その麗しい顔には、とても晴れやかな笑みが浮かんでいた。

5

「ちょっと拓海！　いい加減に離してよ！」

松濤の家の広いリビングに、主の絶叫がこだました。

「リヒト、今回は本当に世話になった！　いくら感謝しても足りないぐらいだ」

「だからやめてよ！　抱き締めなくても感謝はできるだろう！」

拓海の腕の中で、リヒトが必死にもがいている。

一花は義理の兄弟が抱き合う姿を、かれこれ十数分は見つめていた。傍らに立つ執事も同様である。

ＵＮＩＶＥＲＳＥ＝Ｓの発売から十日が過ぎた。

リリースイベントの直後、興味を持った消費者が公式サイトにこぞってアクセスし、サーバーが一時ダウン。販売店には行列ができ、早くも品薄状態が続いている。

海外の評判も上々だ。『東雲コンツェルンは携帯電話業界に革命を起こした』とか『シェア一位に君臨か？』などという記事が、業界紙に次々と掲載されている。

東雲コンツェルンの株価は急上昇。ＵＮＩＶＥＲＳＥ＝Ｓの開発を反対していた専務派は、もはや虫の息だった。

例の四人が警察に突き出されることはなかったが、しばらくは表舞台に立てないはずだ。このまま行けば、内部抗争もいずれ鎮まると思われる。

拓海は今日、松濤の家に礼を言いに来た。リヒトの顔を見るなりぎゅーっと抱き締めて、全身全霊で感謝を伝えている。

「リヒト。私のことを『義兄さん』と呼んでくれたそうだな！　これほど嬉しいことはないぞ！」

「は?!　誰から聞いたの、そんなこと」

「誰でもいいだろう。リヒトのことなら、なんでも私の耳に入ってくる。さぁ、今一度、私を『義兄さん』と呼んでくれ！」

「嫌だ、絶対呼ばない！　いい加減に離してってば！」

「いいではないか。私はこうして、リヒトに感謝を伝えているのだ」

「感謝なんていらないから。僕はたいしたことはしてないし。すべて一花のお陰だよ」

リヒトは『三つが全部合わさることで一つの味を構成する』という一花の言葉で、例の四人が力を合わせていることに気付いた。

誰が拓海の背中を押したか絞り込む必要がなくなったことで、イベントを無事開催する手段を考える余裕ができたという。

「ほう……。一花くんも力を貸してくれていたのだな」

義弟の話を聞いて、拓海はパッと腕の力を緩めた。……と思ったら、今度は一花に向き直る。

「では、一花くんにも感謝を伝えよう」

「えぇぇぇっ！」

満面の笑みを浮かべた拓海が近づいてくる。

まさか、抱き締められるのでは……。そんな予感がしたが、あまりに突然のことで動けない。

「うわっ！」

しかし、一花から三十センチほど離れた位置で、拓海は大声を上げて床に倒れた。

その拍子にテーブルの上にあったカップが音を立てて倒れ、残っていた紅茶がスーツを派手に濡らす。

「どさくさに紛れて、一花に手を出さないでくれるかな」

リヒトが義兄の腕を引っ張って止めたようだ。

そのせいで勢い余って転んだ拓海は、ズレた眼鏡を直しながら半身を起こした。

「私は一花くんに面と向かって礼を言いたかっただけだ。て、手を出すなど……そんなことは、まだ……。そういうことは、交換日記を経てから……！」

一花は半分脱力した。

弁護士の資格を持つ臨時総帥の口から『交換日記』などというピュアな単語が出てくると、どうにも気が抜けてしまう。

「拓海さま、お召し物が」

紅茶で濡れたスーツを見て、林蔵がタオル片手に駆け寄っていった。

リヒトは転んだショックからまだ立ち直っていない義兄に構いもせず、一花の手をサッと取る。

「一花、庭に出よう。ここにいると、また拓海にしつこくされる」

「え、えぇっ」

あれよあれよという間に、外に連れ出された。

もう三月の下旬。広い庭は春の花で淡く彩られている。都内では桜が咲いたばかりだ。

心地よい風を浴びながら、一花は隣にいるリヒトをなんとなく見つめる。

「あれ？　リヒトさん、少し背が伸びました？」

出会ったときより、リヒトの肩の位置が高くなっているような気がした。一歩近づいてみて、それは確信に変わる。

「やっぱり背が高くなってますよね？」

「うん。スーツの丈が合わなくなった。作り直そうと思ってこの間テーラーで採寸してもらったら、三センチ半くらい伸びてたよ」

一花の身長はだいたい百六十センチ。出会った当初、リヒトはその一花より五、六センチ背が高かった。

そこから三センチ半伸びたとなると、今は九センチほど上ということになる。

「……もう少し伸びてほしい。伸びるかな」

リヒトは風でなびく金色の髪を押さえてポツリと言った。

「え、もう十分じゃないですか？　今、百七十センチ近いってことですよね？」

一花は改めて貴公子の佇まいを眺めた。

リヒトは顔が小さくて手足が長いので、今でもかなりすらっとしている。UNIVERSE＝Sのプロモーション映像でも、スタイルのよさが際立っていた。

だが、本人はまだ物足りない様子である。

「あと五センチは伸びてほしい」

「ということは、百七十五センチくらいになりたいんですか？　どうして？」

一花としては何気ない質問のつもりだった。

なのになぜかリヒトはギクッと身体を震わせた。そのあとふっとそっぽを向いて、春風にかき消えそうな声で言う。

「どうしてって――一花が百六十センチくらいあるからだよ」

「は……？」

一花は盛大に首を傾げた。己の身長とリヒトのそれに、一体何の因果関係があるというのだろう。

(百七十五センチと、百六十センチ……？)

数字を足したり引いたり掛けたり割ったりしているうちに、余計混乱してきた。リヒトは口を噤んだままで、正解は出てきそうにない。

　一花が考えるのを諦めて風に身を任せると、春の音に交じって声が聞こえた。

「リヒト、ここにいたか」

「拓海、まだ何か用？」

　庭に姿を見せた義兄を、リヒトは若干迷惑そうな顔で出迎える。

「私はそろそろ社に戻る。だがその前に、渡すものがある」

　拓海はスーツの内ポケットから白い封筒を取り出し、リヒトに手渡した。

「これ、手紙……？」

　表に書かれていた差出人名を見て、リヒトは絶句した。横から覗き込んだ一花も
「えっ」と声を上げる。

「リヒトに宛てた手紙を預かってきた。見ての通り——父さんからだ。私は中身を読んでいない。封を切るかどうかは任せる」

　拓海はそれだけ言うと、くるりと踵を返してその場をあとにした。

　リヒトは『東雲辰之助より』と記された封筒を手にして、微動だにしなかった。

チョイ足し四品目　ピリ辛バニラアイス再び

1

春の昼下がり。

空はどんよりと曇っていた。寒の戻りか、じきに四月になるというのに気温が低い。

一花は目の前の光景を見てポカンと口を開けた。

（ヨーロッパの宮殿みたい……）

すぐ傍には噴水付きの広大な人工池があり、一定の間隔をおいて水しぶきが高く吹き上がっている。

噴水の向こうには、ドーム型の屋根を載せた、三つの塔からなる巨大な建物があった。

窓が多すぎて、ざっと眺めただけでは数えられない。端から端まで、何百メートルあるのだろう。

さらに驚くのは、ここに辿り着くまで『森を抜けてきた』という点である。

もちろん、ただの木の集まりではない。門の内側……つまり私有地の中に、森と呼んで差し支えないものが広がっているのだ。

巨大な宮殿はその終点だった。門をくぐってからここまで、林蔵が運転する車でゆうに五分以上はかかっている。

とても東京二十三区内とは思えない。だが、住所の表記は港区麻布《あざぶ》になる。

今までセレブの家をいくつか見てきた一花も、腰を抜かすほどの規模だった。ここと比べると、松濤の家さえも小さく感じてしまう。

この規格外の邸宅の主は、東雲辰之助――リヒトの父親である。

リヒトは今日、一花と林蔵を伴って東雲の本家に足を運んだ。貴公子をここに導いたのは、拓海を通じてもたらされた、辰之助からの手紙だ。

『伝えなければならないことがある。麻布の東雲邸にて待つ。』

シンプルな文面に目を通したリヒトは、当初、東雲の本家に行くかどうか迷っていた。

だが、一花と林蔵が説得した。リヒトを認知しただけで以降はないがしろにしてきた父親と顔を合わせたくないのは分かるが、届いた手紙はある意味招待状だ。辰之助は『待つ』と言っている。父と子が対面するのに、これ以上の好機はない。

それに、リヒトには辰之助と『会っておかなければならない事情』があった。

最終的に『一花と林蔵も一緒についてくる』という条件で、リヒトは東雲の本家に赴くことを決めた。

訪問は、辰之助からの手紙が届けられた翌々日となった。林蔵が事前に連絡を入れたので、東雲家の面々はリヒトがやってくることを承知している。

執事が運転する車から降り、巨大な屋敷の入り口に立ったリヒトは、傍から見て分かるほど緊張していた。一花は心配になって、そっと声をかける。

「大丈夫ですか、リヒトさん」

「平気だよ。もう覚悟を決めてるから。それに僕は——東雲辰之助に聞いておきたいことがある」

「お母さまとの交換日記の件ですね」

リヒトは無言で頷いた。

東雲辰之助は、リヒトの母・アンナとかつて交換日記をしていた。この件が、『会っておかなければならない事情』と絡んでくる。

今のリヒトと同じように、母親のアンナも謎解きをして人助けをしていた。

アンナは難しい謎が解けたとき、記念に『とっておきのスープ』を作って、リヒトと一緒に食卓を囲んだという。

アニバーサリーの特別な感じを盛り上げるため、スープを味わうときは照明を落としていたそうだ。だから、スープの中に何が入っていたのかリヒトは知らない。

アンナはスープのレシピを息子に伝えないまま事故で亡くなった。とっておきのスープは、今や『幻のスープ』になってしまったのだ。

リヒトは、母が生前に作ったこのスープをもう一度味わいたいと思い、ずっと探し求めている。貴公子探偵を続けている理由も、ここにある。

問題のスープは『難しい謎が解けたとき』に味わっていた。ということは、謎に挑み続けていれば、何か思い出すことがあるかもしれない。リヒトにとっての謎解きはライフワークであり、幻のスープに辿り着くための希望でもある。

謎解きに挑みながら母のスープを探していたリヒトのもとへ、先日、とある情報がもたらされた。それが、辰之助とアンナがやり取りしていた交換日記の件だ。

もしかしたら、件の日記にはスープについて何か記載されている可能性がある。リヒトは今日、その旨を辰之助に問いただすつもりでいるのだ。

「中に入ろう」

大きな扉に向かってリヒトが足を踏み出すと、ギギギ……と重厚な音がした。自動ドアになっていて、中から開閉できるらしい。

入り口が完全に開け放たれると、そこに見慣れた姿があった。

「リヒト、よく来たな」

玄関で出迎えてくれたのは、東雲家の長男・拓海だった。

今日は会社を休んでいるのか、いつものスーツ姿ではなく、シャツとカーディガンとスラックスを身に着けている。髪もオールバックではなく自然に下ろしていて、雰囲気が随分ラフだ。

「拓海……」

お馴染みの義兄を見て緊張が少し緩んだのか、リヒトはふっと一つ息を吐いた。

大理石をふんだんに用いた玄関はどこもかしこもピカピカで、そこから続くホールは舞踏会ができそうなほど広い。

そして、一抱えほどもある可憐な花の鉢植えが、あたりにズラリと並べられていた。

「……胡蝶蘭《こちょうらん》」

一花が呟くと、拓海が笑顔を向けてきた。

「そうだ。母が最近、この花に凝っていてな。家じゅうに鉢植えがある」

一花は拓海の話を聞いている途中から、鼻がムズムズしていた。なんとか堪えようと頑張ったが、抵抗も虚しく……。

「はっくしょん！　はっっっっくしょん！」

大きなくしゃみが連発で飛び出した。それでもムズムズは収まらず、目には涙まで浮かんでくる。

「一花、どうしたの？」

嘘を吐いているわけでもないのにくしゃみ地獄に陥っている一花を見て、リヒトが首を傾げた。林蔵や拓海も、不思議そうな顔をしている。

「あ、ごめんなさい……はっくしょん！　実は私、胡蝶蘭のアレルギーなんです。鉢植え一つくらいなら大丈夫なんですけど、たくさんあると……はっっっくしょん！」

胡蝶蘭は花粉が少なく、アレルゲンになりにくい植物だが、稀に反応する者がいる。説明している傍からくしゃみが止まらない一花に、林蔵が慌てて白いハンカチを差し出してくれた。

拓海は一花を気遣うように見つめる。

「それは大変だな、一花くん。ならば、これらの花をすべてどこかに移動し……」

「――やめて！　わたくしの大切なお花を、勝手に動かさないでちょうだい」

横合いから誰かが叫んだせいで、長身の臨時総帥（休暇中）の声がかき消された。

一花がビクッとしながら振り返ると、そこにはパイソン柄のワンピースに身を包んだマダムがいた。年齢は六十歳前後。ぐっと腕組みをして、ひどく不機嫌そうな顔をしている。

さらに、マダムの後ろには背の高い女性が控えていた。こちらは四十歳ぐらいだろう。黒いスーツを纏い、髪を頭頂部でシニヨンにしていて、三角形の眼鏡をかけている。

「乃里江《のりえ》さま……」

林蔵がパイソン柄のワンピースを着たマダムにサッと一礼した。

拓海は、同じ方を手の平で示しながら言う。

「紹介しよう。私の母、東雲乃里江だ」

拓海の母親ということは、辰之助の妻だ。夫と浮気相手の間に生まれたリヒトを、最も疎ましく思っている人物である。

乃里江が纏っている蛇柄の服は、東雲コンツェルンのシンボルマーク・ウロボロスと通じるところがある。マークに込められた『何があっても揺るがない』という企業精神を、全身で表しているように見えた。

林蔵はリヒトに仕える前、辰之助の執事をしていたので、乃里江のことを知っている。リヒトも面識だけはあるらしい。

「母の後ろにいるのは、箕輪基子《みのわもとこ》女史。母専属の使用人として、二年ほど前から住み込みで働いてもらっている」

拓海が笑顔で紹介を終えると、乃里江がリヒトを睨みつけた。

「リヒト。あなた、よくもまぁ東雲の本家に顔を出せたものね。愛人の子のくせに」

初めから敵意剝き出しである。リヒトの顔が途端に歪んだ。

拓海がすかさず間に入り、険悪な雰囲気の二人を宥める。

「母さん。リヒトは父さんに呼ばれてここに来たのだ。そんなに怒らないでほしい」

「あら、拓海までその子の肩を持つの?! 東雲家の『正当な』跡継ぎが毅然とした態度を取れないなんて、嘆かわしい」

乃里江は実の息子にも険しい目を向けて、ぎりぎりと唇を嚙み締めた。その眼差しが、今度は一花に突き刺さる。

「夫がなんと言ったか知らないけれど、わたくしは隠し子がこの家に上がるのは断固反対よ。それに、執事の林蔵はともかく、どこの馬の骨か分からないような娘《こ》まで連れてくるなんて……!」

そう言われて、一花はまだ名乗っていなかったことを思い出し、慌ててお辞儀をした。

「は、初めまして。私、リヒトさんのところで家政婦をしております、三田村一花と申し

「……はっっっくしょん！」

胡蝶蘭のせいで、ろくに喋れない。

一花が鼻を押さえて身を縮めていると、リヒトが庇うようにスッと前に出た。

「あのさぁ、一花のこと、悪く言わないでくれる？　どこの馬の骨って……あなただって使用人をつれているだろう」

義理の息子に反撃された乃里江は、「んまぁーっ！」といきり立った。

「基子さんはわたくしの右腕よ！　まだ務めて二年だけれど、有名な大学を首席で卒業しているし、礼儀作法は完璧。武術の心得だってあるの。そこら辺の家政婦と一緒にしないでちょうだい。……不愉快だから自室に戻るわ。基子さん、行くわよ」

「かしこまりました、奥さま」

乃里江はパイソン柄のワンピースの裾を翻した。黒ずくめの使用人・基子が、そこにピタリと寄り添う。

二人が去ったあと、その場には刺々しい空気がいつまでも残っていた。

2

「じゃあ、行ってくる」

リヒトはそう告げると、大きな扉と対峙した。

この向こう側が、療養中の主の部屋だ。辰之助は、まずリヒトと二人だけで話すことを望んでいた。よってここから先は、誰も付き添えない。

「大丈夫か、リヒト」

拓海が義弟の肩にそっと手を置いた。

「大丈夫だよ」

少し表情が硬いながらも、リヒトは微笑んだ。そして、意を決したように扉に触れる。

一花は三つ揃いのスーツが完全に部屋の中に消えるまで、祈るような気持ちで見守った。

「……さて、我々は待つことしかできないな」

拓海はメタルフレームの眼鏡を押し上げると、林蔵に向き直った。

「林蔵さんは、我が家に勤めている亀山《かめやま》左京《さきょう》さんをご存じですね。彼が、林蔵さんに会いたがっています」

林蔵は、パッと顔を輝かせた。

「ええ、亀山さんのことは存じ上げております。私が辰之助さまの執事をしていたころ、彼もこの屋敷の使用人を……。昔の同期に当たります」

「亀山さんは今、父の執事をしている。林蔵さんが来ることを伝えたら、久しぶりに会いたいと言っていました。リヒトと父が話を終えるまで小一時間ほどかかるはずです。よかったらその間に、執事室に顔を出してやってくれませんか」

「なんと、あの亀山さんが執事をなさっているとは。彼とは親しくしておりました。いやはや、懐かしい」

「会いに行ってきたらいいと思いますよ、林蔵さん」

思い出に浸っている林蔵に、一花は微笑みかけた。拓海も軽く頷いて背中を押す。

「拓海さま、一花さん。ありがとうございます。まだ勤務中ではございますが、この林蔵、お言葉に甘えて失礼いたします」

林蔵は律儀にお辞儀をして、足早に廊下を歩き去った。その場に残ったのは、一花と拓海だけだ。

「一花くん。リヒトと父の話が済むまで、私が家の中を案内しよう」

「はい。お願いします」

リヒトのことは心配だが、辰之助の部屋の前で立ち尽くしていても事態は何も変わらない。一花は拓海の提案を受け、並んで歩き出した。

「……はっくしょん！」

たびたびくしゃみに襲われる。

実は、拓海が乃里江と交渉してくれたお陰で、胡蝶蘭の鉢植えはすべて庭の温室に片付けられた。

だが、まだそこかしこに可憐な花の残滓が漂っていて、否応なく鼻が刺激される。

（ここにいる限り、ずっとくしゃみが出っぱなしだろうな……）

一花は一瞬眉根を寄せたが、「まぁ仕方ないよね」と気持ちを切り替えた。鉢植えが撤去されたので少しはマシだ。

「一花くん。……私との交際の件、そろそろ考えてくれただろうか」

隣を歩いていた拓海が、おずおずとそんな話題を出してきた。

「えっ、あ、えーと……」

一花は顔を引きつらせながら言葉を濁す。

「私は真剣なのだ。いきなり恋人になってくれとは言わない。交換日記から始めよう。君に渡してあるノートは、読んでくれたか」

「あ、あれですか……うーん」

拓海から交換日記用のノートを渡されたときは、随分驚いた。

だが、拓海の父である辰之助も、リヒトの母・アンナとかつて交換日記をしていたという。もしかして、東雲家のお家芸か何かなのだろうか。

「あの……とりあえず、拓海さんが書いてくれた分は読みました」

「そ、そうか！　読んでくれたのか！」

「はい。拓海さんの好きな本とかが書いてありましたね。漫画も挙げられていて、意外だなと思いました」

交換日記を受け取って……いや、半ば押し付けられてから、一花は長らくそれを放置していたが、この間ついに目を通した。交際云々は抜きにして、単純に内容が気になったのだ。

書いてあったのは、ほぼ拓海のプロフィールだった。

何月何日、都内で生誕……から始まる履歴書のような記載がしばらく続き、一花は噴き出すと同時に「拓海らしい」と感じた。

読んでいるうちに、それまでなんとなく「三十歳ぐらいだろうな」と思っていた拓海の年齢が、正確には三十一であることが分かった。その他、好きな音楽や愛読書などにも触れられていた。

「一花くんもぜひ、交換日記に思いのたけを綴ってくれ。どんどんやり取りをしよう！」

「え、私も書くんですか……それは」

それはちょっと、と言う前に、拓海が一花の手に何かを押し付けてきた。

やたらと重いボールペンだ。黒ベースのつるつるしたボディに、滑り止めとして白っぽい蛇模様の合皮が貼られている。

（このペン、なんだか乃里江さんみたい……）

蛇模様の合皮がマダムの纏っていたワンピースを連想させ、一花は心底げんなりした。

いっぽう、拓海は満面の笑みを浮かべる。

「東雲家が懇意にしている文具店が製作したオリジナルのペンだ。一花くんに進呈しよう。それで思う存分、交換日記を書いてくれ」

「えぇ、け、結構です！」

一花としては「趣味が悪いのでいらない」と言ったつもりだが、拓海は遠慮と受け取ったようだ。「持っていたまえ」とゴリ押しされ、どうにもならない。あとでリヒトを通じて返却しようと心に決め、ひとまずポケットにしまう。

拓海はやがて、一つのドアの前で立ち止まった。スラックスのポケットから重厚な鍵を出し、鍵穴に差し込んで回す。

「ここは、東雲家が所有する美術品の一部を集めた部屋だ。歴代当主の写真も飾ってある。初めて訪れた客人には、まずこの美術室を見てもらうことにしている」

どうやら拓海は、あらかじめ一花をここに案内するつもりで鍵を持ち歩いていたようだ。

室内に足を踏み入れた一花は「ふわぁー」と溜息を吐いた。

三十畳ほどの部屋に、絵画や壺、彫像などがたくさん並べられている。壁の一角にはおじいさんの写真がズラリと掛かっていた。彼らが東雲家の歴代当主たちだろう。

「あ、この絵、見たことがあります」

一花の目にまず飛び込んできたのは、美術に疎い者でもどこかで必ず目にしたことのある絵画。中世ヨーロッパの巨匠が手掛けた名作だ。

「それは先々代の当主が買ったものだ。時々国立美術館の企画展に貸し出している」

拓海は涼しげな顔で「買った」と言ったが、目の前にあるのはおそらく国宝……いや、世界の至宝と呼ばれるほどの名画。いくらしたのか、恐ろしくて聞けない。

一花は絵から目を離し、あたりをぐるりと見回した。

「あれ、部屋の真ん中にあるのは何ですか？」

広々とした空間の中央に、腰の高さほどの台がある。その上にぽつんと一つ、茶碗が置かれていた。

ご飯茶碗よりは大きめだが、両手で包めるくらいの黒い焼き物だ。わざわざ部屋の真ん中に飾るスペースが設けられていて、特別な感じが漂ってくる。

拓海は一花を台の傍に誘《いざな》った。

「これは『油滴天目《ゆてきてんもく》』。十二世紀から十三世紀に中国で作られた天目茶碗の一つだ。油の滴《しずく》が飛び散ったような模様が名称の由来になる。高温の窯の中で偶然生じた化学変化が、この独特の模様を生み出す。同じものは二つとなく、ここまで見事な油滴天目は稀だ。世界的に見ても非常に貴重な茶碗で、東雲家の『家宝』でもある」

東雲家の長男による解説を聞いて、一花はゴクリと喉を鳴らした。

「このお茶碗が、家宝……」

「うむ。これもやはり先々代の当主が入手したものだ。あえて値段を付けるなら……おそらくはこれぐらいだろう」

拓海はそこで、片方の手をバッと広げた。

「え、まさか、五百万……いえ、五千万円ですか?!」

「――五億円だ」

「えぇぇぇぇ、え、えぇぇぇぇぇぇぇっ――!!」

とてつもない数字が出てきて、一花は仰け反った。すぐに茶碗の載った台から離れて、ぶるぶると身震いする。

茶碗一つで五億。焼き物の世界は恐ろしい。何かの手違いで割ってしまったら、弁償するためにとんでもない額の負債を背負うことになる。

一花の夢は、お金を貯めて風呂付きの物件に住むことだ。もし五億円の負債を抱えれば、そんなささやかな願いが木っ端微塵に吹っ飛ぶどころか、人生の終わりである。

拓海は他にもいろいろな品を指し示しながら解説してくれたが、うっかり触れないように気を遣っていたせいで、一花はずっと上の空だった。おおかた鑑賞を終えて部屋を出たときは、肩からどっと力が抜けた。

「さて、次は少し面白いものをお目にかけよう」

拓海は美術室にしっかり施錠すると、一花を伴って歩き出した。途中、使用人らしき二人連れとすれ違い、ポケットに入れていた鍵を彼らに手渡す。

「これは美術室の鍵だ。すまないが、いつもの場所に戻しておいてくれ」

二人の使用人は、東雲家の長男にお辞儀をして鍵を受け取ると、素早く去っていった。

美術室の鍵は、普段は屋敷の端にある使用人たちの控室で保管されているそうだ。その他、執事の亀山がすべての部屋に共通のマスターキーを持っている。

美術室を開けるには、この二本のうち、どちらかの鍵が必要になる。

「面白いものって何ですか？」

一花は拓海の横を歩きながら尋ねた。

「それは、見てのお楽しみ……」

拓海は笑顔で答えたが、突然語尾を濁した。

一花たちの行く手に二人の人物が立ち塞がっている。パイソン柄のワンピースを纏ったマダムと、彼女専属の使用人だ。

「美術室の案内をしていたようね。こんな小娘に、価値なんて分かるのかしら」

乃里江が嘲るような目で見つめてきた。

一花は何の反論もできなかった。はっきり言って「すごく高そうで怖くて触れなかった」以外の感想はない。

乃里江の後ろにいる基子は黙って立っているだけだったが、その視線があまりに鋭くて肝が冷えた。

拓海は自分の母とその使用人に笑顔だけを返し、足早に二人の横を通り抜けた。一花もぺこぺこ頭を下げながらあとに続く。

「いいこと、わたくしは、リヒトのことは認めないわ！　ここに乗り込んで来るなんて、許せない。ただじゃ済まさないわよ！」

「奥さま、大声を出すと喉を痛めます。それに、どこの馬の骨とも知れない娘に近づくのは控えた方がいいかと存じます」

背後で乃里江の喚き声と地団太を踏む音、そしてそれを宥める基子の声が聞こえた。東雲家の奥さまは、相当お怒りの様子である。

（こ、怖い……）

二人の女性たちをなんとかかわし、辿り着いた先は地下室だった。

壮麗な宮殿の雰囲気から一転、そこには学校の理科室にあるようなガラス製の棚が並んでいる。中央の大きな台にはフラスコやビーカーが置いてあって、これから何かの実験が始まりそうな感じである。

拓海は並んでいたガラス棚のうち一つを開け、中から蓋付きのビンを取り出した。

「東雲コンツェルンは、ＵＮＩＶＥＲＳＥ＝Ｓの成功に甘んじず、次の新製品の開発にも着手している。このビンの中に入っているのは、社員が持てる技術をすべて注いで作り上げた努力の結晶。新製品の要となる『魔法の粉』だ」

「魔法の粉……？」

一花は、拓海の手によって封が切られたビンの中を覗き込んだ。

ビンの大きさは、直径五センチ、高さ八センチほど。中には薄いグレーの粉が入っている。砂粒より細かく、さらさらとしていて、特に強い香りはない。

「開発を進めているのは、とある病《やまい》に有効な治療薬だ。先行薬は発売されていない。認可されれば助かる患者も多くいるだろう。このグレーの粉は、単体では人体に何の影響も及ぼさないが、別の薬品と合わさると絶大な治療効果を生み出す」

「へぇー、すごい！　東雲コンツェルンは、お薬の開発もやってるんですね！」

「そうだ。我が家にはビン一本分だけ保管してある。実は、この粉はちょっとした特徴を持っているのだ。……一花くん、一度灯りを落としても構わないだろうか」

拓海はそう断ってから、照明を消した。ここは地下室なので、灯りがないと真っ暗だ。

しばらくして、一花の目はビンの中身に釘付けになった。

「拓海さん。これ……光ってます！」

薄いグレーの粉が、青白く輝いている。まさに魔法だった。幻想的な光景に、思わず溜息が出る。

「暗いところで発光する性質があるのだ。なかなか綺麗だろう」

拓海は再び灯りをつけた。

「はい。とっても素敵………はっっっっくしょん！」

感想を述べようとした一花の口から、盛大なくしゃみが飛び出した。もちろん嘘を吐いたわけではない。胡蝶蘭の残滓のせいである。

「うわっ！」

一花のくしゃみに驚いた拓海が、ビンを持ったままビクッと身体を震わせた。その拍子に、中に入っていた粉が大きく飛び出す。

「ひゃぁっ！」

最終的に、ビンの中身は一花の身体に降り注いだ。もはや、頭から粉塗れだ。

「一花くん、すまない。手が滑った」

「いえ、私が変なタイミングでくしゃみをしちゃったせいです。それより、粉がほとんど零れちゃいましたけど、大丈夫ですか？　大事なお薬の材料だったんじゃ……」

「これは社員が置いていったサンプルだ。気にすることはない。一花くんの方こそ平気か。着ているものに粉がついてしまったな」

「このくらい、払い落とせば大丈夫です」

ひとまず二人で地下室を出て、階段を上がった。

一階には庭に通じるドアがいくつかあった。一花は拓海の許可を得てからその一つを開け、身体についた魔法の粉を外に向かってパタパタ払う。

(多分落としきれてないけど、まぁいいか)

なんとなく粉っぽさが残っているが、ほどよいところで切り上げた。あとは松濤の家に戻ってから洗濯をすれば綺麗になるはずだ。

「リヒトと父の話が済むまで、応接室で待っていよう」

再び、拓海に伴われて歩き出す。

しかし、遠くから使用人の男性が素早く駆け寄ってきて、一花たちは揃って足を止めた。

「拓海さま。辰之助さまがお呼びです」

「む？　リヒトとの話はもう済んだのか。分かった、すぐ行く」

拓海は使用人にそう返すと、一花の方を申し訳なさそうな顔で見た。

「一花くん。私は父の寝室に顔を出す。リヒトも交えて、三人で話し合うチャンスだ。すまないが、君は応接室で待っていてくれ。先ほど入った美術室の、右隣の部屋だ」

「あ、はい。分かりました」

一花は使用人とともに走り去っていく拓海を見送ると、一人で廊下を歩き始めた。とんでもない広さの屋敷だが、さっきの記憶を頼りに、とりあえず美術室を目指す。

「はっくしょん！」

やはり、まだくしゃみが止まらない。

何度か「はっくしょん！」に見舞われつつも、一花は美術室の前に差し掛かった。その部屋は素通りして、拓海が言っていた右隣の応接室のドアに手をかける。

頭部に強い衝撃を感じたのは、そのときだ。

あっという間に目の前が暗くなり、一花は意識を失った。目を閉じる寸前に見えたのは、すぐ傍にいる誰かのシルエットだった。

3

「――一花、一花！」

耳元で名前を呼ばれ、身体を揺さぶられた。

(あ……リヒトさんの声？)

一花はゆっくりと目を開けた。ぼやけていた視界が、だんだんはっきりしていく。

すぐ傍で、天使のような美少年が悲痛な表情を浮かべていた。「リヒトさん」と呼ぼうとしたが、喉に力が入らず声が出ない。

今どういう状況なのか、次第に分かってきた。

一花は絨毯の敷かれた床に横向きで倒れていた。リヒトが一番近くでしゃがみ込んでいて、その後ろでは林蔵が片膝をついている。

少し離れた位置には拓海の姿。その他、使用人らしき男女が十人ほどいた。一番遠くで険しい顔をしているのが、乃里江と基子だ。

「一花、大丈夫?!」

半身を起こそうとしてふらついた一花を、リヒトが支えた。

「あの……私、どうして倒れて……あれ、ここ、美術室?」

意外と逞しい腕に安心感を覚えつつ、一花はようやく声を絞り出した。周囲を見回して、自分が今いる場所を把握する。

一花が倒れていたのは、東雲家の美術室だった。ほぼ部屋の真ん中あたり。すぐ近くには、腰の高さほどの台がある。

だが、その上に載っていたはずの、黒い茶碗が消えていた。

五億円の一品がどうなったか――台の下に目を向けて事実を知った瞬間、一花の背筋が凍り付く。

「お茶碗……」

それしか言えなかった。

台の下に散らばっていたのは黒い欠片。名品・油滴天目は、粉々に割れていたのだ。

一花は声にならない悲鳴を上げながら立ち上がり、『五億円の茶碗だったもの』に近寄ろうとした。

そのとき、自分の手の中に何かがあるのに気付いた。

「……何これ」

一花が首を傾げるのと同じタイミングで、基子の声が響き渡った。

「それは、この美術室の鍵です!!」

「えぇっ?」

基子は部屋の端からすたすたと歩いてきたが、茶碗の載っていた台の手前で足を止めた。どこの馬の骨とも知れない娘にはなるべく近寄りたくないのだろう。そこからうんと腕を伸ばし、一花が握っていたものをひったくるように奪う。

「ほら、間違いありません。これはこの部屋の鍵です!」

身を翻して美術室のドアに張り付くと、基子はそれを半分開けた状態で鍵穴に鍵を差し込んだ。手をくるりと捻るたびに、デッドボルトが問題なく出たり引っ込んだりしている。鍵がぴったり合っている証拠だ。

「あなたは使用人の控室から鍵をこっそり持ち出して、ここに侵入したのですね! 油滴天目を割ったのもあなたです」

一花は基子にビシッと指をさされ、慌てふためいた。

「えぇぇぇっ、し、知りませ…………はっっくしょん！」

　こんなときなのに、胡蝶蘭アレルギーが容赦なく発動する。鼻を押さえて俯くと、さらに基子の追撃が来た。

「辰之助さまとの会談が終わり、拓海さまとリヒトさまは隣の応接室に行かれました。しかし、そこで待っているはずの家政婦がいなかったのです。慌てて捜しに出たら、美術室の中がこんなことになっていた。……拓海さま、そうですね？」

　拓海は一花に心配そうな目を向けつつも、力なく頷いた。

「基子女史の話に偽りはない。私とリヒトは、父との話を切り上げたあと、使用人たちと一緒に一花くんを捜した。そのうち、使用人の一人が、いつもの保管場所から美術室の鍵が消えていることに気付いたのだ」

　美術室の中に誰かいるのではないか……拓海たちはそう判断して、現場に急行した。すぐさまリヒトがドアに手をかけたが、開かなかったという。

「美術室のドアには鍵がかけられていた。そこで執事の亀山さんを呼び、彼が所持しているマスターキーを使った。リヒトが真っ先に飛び込んで、一花くん……倒れていた君を発見したのだ」

　消え入りそうな声で拓海が説明を終えると、シルバーの燕尾服を纏った男性がスッと前に歩み出た。首から下げていた細長い鍵をみんなに示す。

「執事の亀山でございます。私《わたくし》は、そこにおられる林蔵さんと、執事室で話をしておりました。しばらくして、使用人が私のことを呼びに来ました。聞けば、美術室のドアが開かず、鍵が行方不明になっているとのこと。拓海さまに命じられて、私が肌身離さず持っているこのマスターキーで解錠いたしました」

　亀山の話を聞いていた林蔵は「相違ございません」と頷いた。

　二人の執事の話が終わると、基子は再び一花を指さす。

「そこの家政婦はおそらく、拓海さまから美術室の鍵がどこに保管されているか聞いていたはず。それをこっそり持ち出して、室内に侵入したのです。東雲家の保有する名品を盗み出すために！」

「えぇっ、私、人のものを盗んだりしません！　それに、この部屋に侵入しただなんて、そんな……はっくしょん！」

　くしゃみに襲われながらも、一花は必死に否定した。しかし、基子はさらに厳しい目を向けてくる。

「施錠された部屋にいたのはあなた一人。しかも、鍵はあなたの手の中にありました。美術室に忍び込んだあなたは、誰かに見つからないよう、内側から鍵をかけて室内を物色していたのでしょう。そして、何かの拍子に転倒して気を失った。油滴天目はそのときに割れたのです。……もしかして、盗もうとして茶碗を手に持った状態で転んだのかもしれませんね。いずれにせよ、あなたのせいで、東雲家の家宝は粉々です！」

　静まり返った部屋の中に、一花を糾弾する声が響き渡る。

残酷な余韻が収まってから、ずっと黙っていた乃里江が「くっ」と笑い声を立てた。

「美術品を盗もうだなんて、馬鹿なことを考えたものね。転んで気を失ったのは、何かの罰かしら。まったく……五億円の茶碗が台無しだわ！」

基子と乃里江、そして使用人たちの冷たい視線が一斉に突き刺さる。

一花は頭《かぶり》を振りながら訴えた。

「私は、お茶碗を盗むなんて考えたこともありません。気が付いたらここに倒れていて、何が何だか全然分からないんです……はっくしょん！」

口を開く傍からくしゃみが飛び出す。

基子はそんな一花を見て、「話になりませんね」と嘆いた。

「言い逃れは通用いたしません。現にあなたはこの部屋にいて、鍵を握り締めていたのですよ。それが何よりの証拠。潔く謝って、責任を取りなさい」

「せ、責任って……？」

一花がおそるおそる聞き返すと、乃里江が片手をバッと広げた。

「五億円、耳を揃えて払ってもらうわよ。あなたが壊した油滴天目は、二つとない名品なの。これでも安いくらいだわ！」

「ごおくえん――」

自分で金額を口にしたら、頭がくらっとした。

このままでは倒れる……そう思った瞬間、一花の身体に力強い腕が回る。

「ちょっと待ってよ。一花を犯人扱いするの、やめてもらえないかな」

リヒトは一花をがっしりと支えながら、低い声で言った。

「犯人はそこの家政婦以外にありえません。何せ、この状況ですよ」

基子は淡々と返す。

すると、リヒトは一花の身体を離し、乃里江たちの前にゆっくりと歩み出た。何をするのだろう……と思っていたら、金色に光る髪が大きく揺れる。

「僕は、一花が犯人じゃないと思ってる。だけど証拠がない。だから少し屋敷の中を調べてみたいんだ。許可が欲しい。――お願いします」

あのリヒトが、乃里江に……自分をないがしろにしてきた義母に、頭《こうべ》を垂れて懇願している。

「……リヒトさん」

熱いものが込み上げ、一花は胸に手を当てた。

リヒトが東雲家へのやるせない気持ちや怒りをぐっと抑え、黙って同じ姿勢を取り続けているのは、一花の疑いを晴らすためだ。

どうしてそこまでしてくれるんだろう。申し訳ない。だが、嬉しい。心強い……。いろいろな想いが押し寄せて、涙が溢れそうになる。

林蔵と拓海、そして乃里江や基子は、頭を下げる貴公子の姿に呆然としていた。

しばらくして、リヒトはようやく顔を上げる。

「僕にこの件を調べさせてほしい。許可をくれないかな」

形のよい眉をぎゅっと寄せ、縋りつくような眼差しを向ける美少年。

乃里江は貴公子オーラに中てられて、顔を真っ赤に染めた。横にいた基子も、頬に手を当ててうっとりしている。

敵意を向けてくる者までこの有様。さすがはリヒトである。

「そ、そこまで言うなら、調べてもいいわよ」

というわけで、乃里江の許しが無事に出た。

リヒトはすぐさま身を翻し、室内をあちこち見回した。一花もゆっくりと方向転換したが、足の先に何かが当たった気がして立ち止まる。

「あ、これ……」

黒いボディに、黄色っぽい蛇模様の合皮が巻かれたボールペンが落ちていた。とにかく、とてつもなく趣味が悪い。

拓海から押し付けられた例のあれだ。ポケットに入れていたのが、倒れた拍子に床に落ちたのだろう。さっきまでは横たわっていた一花の身体で隠れていて、起き上がったことで露になったようだ。

「そのペンは一花の？　今すぐゴミ箱に投げ捨てたくなるようなデザインだね」

一花がボールペンを拾い上げると、リヒトが怪訝そうな顔で手元を覗き込み、正直すぎる感想を述べた。

「リヒトさんがお父さまとお話してる間に、拓海さんからプレゼントされたんです。交換日記を書くのに使ってくれって」

「ふーん……一花はそのプレゼントを受け取ったんだ」

ペンをポケットに入れた一花を見て、リヒトはなんだか不機嫌そうな顔をしたが、すぐに表情を引き締めた。

「林蔵、ちょっと来て」

主に呼ばれた執事が、素早く駆け寄ってくる。二人は、ドアの向かい側にある窓を子細に調べ始めた。

「窓は嵌め殺しになっていて開かないね。誰かがここから侵入するのは無理か」

ドアが駄目なら窓がある。リヒトはそう考えたようだが、アテが外れたらしい。

その後も、あちこちくまなくチェックされた。ドアは特に念入りだった。が、芳しい結果は得られず……。

やはり、美術室の出入り口はドアのみだった。誰かが隠れられそうな場所もなければ、トリックを仕掛けた形跡もない。

リヒトは「アプローチの仕方を変えなきゃ駄目だ」と呟くと、部屋の隅に固まっていた使用人たちに質問を投げかけた。

「この部屋の鍵は、普段はどこに置いてあるの？　さっき拓海が話してたけど、鍵がなくなっていたことに気付いたのはいつ？」

すると、拓海がサッと挙手した。

「それなら、まず私が話した方がいいだろう。美術室の鍵は、物置や書庫の鍵と一緒に使用人たちの控室に置いてある。壁にフックがあって、そこに掛けて保管しているのだ。本日、最初に美術室の鍵を手にしたのは私だな。リヒトが父さんと話している間に、一花くんに美術品を見てもらった。そのあと地下室に行く途中、通りかかった使用人たちに鍵を渡して保管場所に戻しておくよう頼んでいる」

あのとき拓海から鍵を受け取った使用人たちも室内にいた。

彼らの話によると、美術室の鍵はもちろん所定の位置に戻したという。その場面を、控室にいた他の同僚たちも見ていた。

鍵は確かに、しばらくフックに掛けられていたのだ。しかし、辰之助との話を終えて、拓海とリヒトが美術室を開けようとしたときには、すでになくなっていた。

「そこの家政婦が『使用人です』という顔をして、控室から鍵を持ち出したのではないですか。こういうのは、堂々としているほどバレないものです」

基子が持論を展開すると、乃里江や何人かの使用人が納得の表情を浮かべた。一応は理屈が通っていて、『そこの家政婦』本人も反論できない。

理論上、一花は鍵を持ち出すことができた。美術室には施錠がされており、中にいたのは一花だけ。しかも、問題の鍵は一花の手の中に……。

調べれば調べるほど不利な状況になっていく。もう八方塞がりだ。

「やっぱり家政婦が犯人なんじゃないかしら。いい加減に認めなさいよ」

もはや立っているのもやっとの一花を、乃里江が容赦なく責めてくる。

「違います、私は何も……」

一花がよろよろと近づこうとすると、基子が叫んだ。

「離れなさい！　あなたは盗人《ぬすっと》よ。奥さまや私たちに近寄らないで！」

足元から絶望が駆け抜けていった。基子や乃里江は、一花のことを完全に黒だと思っている。使用人たちも、ほとんどが同じ考えだろう。

どうやったら信じてもらえるのか、どうしたらいいのか、分からない……。

「一花、大丈夫？」

頭を抱えてしゃがみ込む寸前、リヒトが顔を覗き込んできた。

宝石のような青い瞳がとても綺麗で、こんなときなのに見入ってしまう。

「一花も話を聞かせてよ。気が付いたらこの部屋にいたんだね？　その前は、どこまで覚えてる？　ゆっくりでいい。教えて」

……ああ、リヒトなら、きっと助けてくれる。

一花はそう思った。貴公子探偵は、今まで数々の事件を解決してきた。些細なことをヒントに、暗闇の中から真実を見出してきたのだ。

だから、嘘を吐かないで話せば、きっと……。

「私は、拓海さんに応接室で待つように言われて、そこまで行きました。そのとき頭を殴られて……はっくしょん！　それ以上は覚えていません。気が付いたらここで倒れていて……はっくしょん！　違う。違うんです、リヒトさん。くしゃみが出ちゃってますけど、これは胡蝶蘭のせいで……私、嘘は吐いてませ――――はっっっくしょん!!」

一花はとうとう、その場にくずおれた。

見栄を張って真実と違うことを口走り、くしゃみ地獄に陥った姿をリヒトに何度見られたことか。今のくしゃみが嘘を吐いて出たものなのか、それとも胡蝶蘭のせいなのか、区別できるはずがない。

「一花……」

リヒトは眉根を寄せて呟いた。

「どうやら、めぼしいものは出てこなかったようね」

やがて、乃里江の冷たい声が飛んできた。くずおれていた一花が顔を上げると、ぞっとするような視線に捉えられる。

「犯人は決まったようなものだわ。そこの家政婦、諦めて五億円を支払いなさい……と言いたいところだけど、見逃してあげてもいいわよ」

「えっ」

意外な言葉が出てきて、一花は拳をぐっと握り締めた。乃里江は腕を組んで唇をくいっと引き上げる。

「ただし、不問にするには条件があるわ。――リヒト。あなたは金輪際、東雲の本家に立ち入らないでちょうだい。わたくしの夫や拓海が何を言っても、敷居を跨がないこと」

「待ってください！　リヒトさんは関係ありません！」

一花は首を思いきり横に振った。

「関係なくないわ。リヒトが雇った家政婦でしょう。主として責任を取りなさい。……条件を呑むなら見逃してあげる。断るなら、家政婦に弁償してもらうわよ」

「そんな……」

「そうね。そこの家政婦が自ら責任を取って松濤の家をやめるというなら、請求額を半分以下にしてあげてもいいわ。リヒトが東雲の本家と完全に縁を切るか、それとも家政婦が借金を背負って去るか——少し時間をあげるから、どちらにするか決めなさい」

提示された二つの選択肢。

一花は床にしゃがみ込んだまま、それらを何度も何度も心の中で繰り返していた。

4

「日が落ちるまで待つわ。どうするか決まったら、わたくしのもとへ来なさい。使用人の目が光っているから、逃げようとしても無駄よ」

乃里江は高らかにそう宣言したあと、基子と一緒に応接室に引っ込んだ。

主の辰之助が臥せっている今、東雲家の中を実質取り仕切っている夫人の命令は絶対だ。

よって、結論はいったん保留となっている。

一花は今、こぢんまりとしたダイニングルームにいた。

東雲家にはメインの大きな厨房の他にいくつか調理ができる部屋があるが、ここはその一つ。使用人たちがまかないを作るためのスペースだ。室内には、一般の家と同じくらいの大きさの冷蔵庫やガスコンロ、そして四人がけのテーブルセットが置いてある。

疑いをかけられている一花は、基子の判断によってこの部屋で待機させられていた。もちろん身柄を拘束されているわけではなく、自由にトイレに行ったり外の空気を吸ったりすることはできるが、使用人たちが要所要所で見張っている状態だ。

東雲家の長男・拓海は、別室で成り行きを見守っている。母親に逆らう気はないようだが、一花のことをしきりに心配していた。

リヒトは「日が落ちるまでまだ時間がある」と言って、あちこちに聞き込みをかけている。林蔵は屋敷内を見回り、何か仕掛けがないか点検中だ。

昼下がりにここへ来て、今はもう夕方。日没まではあと一時間足らずだろう。

一花は一つ大きく息を吐くと、腰かけていたダイニングチェアから立ち上がった。

「すみません、ちょっとお手洗いに」

ダイニングルームのドアのすぐ外にいた使用人に小声で囁き、廊下に出る。

窓から差し込む光がオレンジ色に染まっていた。足を前に出しながら、綺麗だな……などと場違いに呑気なことを考えてしまう。

──リヒトが東雲の本家と完全に縁を切るか、それとも一花が借金を背負って松濤の家から去るか。

答えはもう決まっていた。

二つの選択肢を提示された時点で、すでに結論は明白だったのだ。それから何時間もダイニングルームでグズグズしてしまったのは、ただ単に覚悟ができなかったからである。

散々溜息を吐いて、ようやく自分の意思を伝える決心がついた。それがまた引っ込まないように、一花はぐっと腹に力を入れる。

「どこへ行くの、一花」

背後から突然声をかけられて、足を止めた。

振り向いた先にいたのは、少し背の高くなった美少年だ。金色の髪にオレンジの光が当たって、キラキラと輝いている。

「どこへ行くの。もしかして──応接室かな？」

投げかけられた言葉は一応疑問形だったが、確信が込められていた。手洗いに行くと言って部屋から出たが、一花が本当は何をするつもりなのか、リヒトにはすでに見当がついているようだ。

「……私が松濤の家をやめて、責任を取ります。そのことを乃里江さんに伝えてこようと思います」

「そんなの駄目だよ！　戻って、一花」

リヒトは激しく頭《かぶり》を振ると、一花の手を引っ張って廊下をずんずん進んだ。あっという間にさっきまでいたダイニングルームに逆戻りだ。

「どうして自分で責任を取ろうとするの？　一花は悪いことなんてしてないよね?!」

室内に二人きり。サファイヤの瞳が、まっすぐ一花を捉える。

「私は何もしてません。でも、私が責任を取らないと、リヒトさんがこの家と縁を切ることになります」

一花が見つめ返すと、リヒトは目を瞠った。

「じゃあ、一花は僕のために責任を取る……ってこと？」

「リヒトさんのためだけじゃないです。このまま親子が離れてしまうなんて、私が嫌なんです。リヒトさん、お母さまとの交換日記の件はどうなりました？　辰之助さんにちゃんと聞けましたか」

「それは……」

リヒトは途端に口ごもった。

予想通りである。辰之助との面談時間が思ったより短かった。おそらく大事な話は何一つできていないのではないか……一花はそう考えていたのだ。

「文句は山ほどあったけど、東雲辰之助本人を目の前にしたら、何も言えなくなった」

リヒトの口から面談の様子がぽつぽつと語られた。

ベッドの上の辰之助はかなりやつれていて、身体を起こしているだけでも辛そうだったという。それでも息子に笑顔を向け、松濤の家での暮らしぶりを聞いてきた。

リヒトは軽く相槌を打つのみで、何も言えなかったそうだ。二人だけでの対話は早めに切り上げ、そのあとは拓海も交えたが、とうとう交換日記のことは聞き出せず……。

無理もない。例の件を俎上に載せれば、どうしてもアンナとの不貞に触れることになる。リヒトとしては、病人を責めるような話題は避けたいと思ったのだろう。

「今日決まったのは、再度話し合いの席を設けるっていうことだけだった……」

「やっぱり、ちゃんとお話できなかったんですね。なら、ここで縁を切ってる場合じゃないです。もう一度お父さまと会わないと。だから、私が責任を取ります！」

「ちょっと待ってよ、一花。まさか、やってもいないことをやったって言うつもり？　そんなのおかしいだろう。それに、責任を取るって、一体どうするつもりなのさ。億単位の借金を背負うことになるんだよ」

億単位という事実を突きつけられ、一花は一瞬「うっ……」と怯んだが、ぶるぶる首を横に振って表情を引き締めた。

「私、覚悟を決めました。分割にしてもらって、一生かけて払います。お風呂の付いた家にはもう住めなくなりますけど、仕方ありません。それに、乃里江さんは、私が責任を取って松濤の家をやめれば額を減らしてくれると言っていましたし」

「やめるって……本気で言ってるの、一花」

「それしかないです。もちろん、私だってやめたくありません。でも、お母さまのレシピが見つかるかもしれないのに、ここで東雲家と縁を切るなんて……。私、リヒトさんには後悔してほしくない。もっと笑ってほしいんです！」

「一花……」

リヒトは綺麗な青い目を伏せてしばらく静止した。そのあと顔を上げ、一花を優しく見つめる。

「僕のこと、一生懸命考えてくれたんだね。ありがとう」

美麗な顔に浮かんでいるのは、ほんの微かな笑みだった。それでも笑ってくれたことが嬉しくて、一花の涙腺がふっと緩む。

込み上げてくるものを堪えていると、リヒトは言った。

「一花の気持ちは嬉しいけど、罪を被る必要なんてないよ。それに、まだ日は落ちてない。ひとまず落ち着こう。ここで結論を出すのは早計だと思う」

「落ち着いてなんていられません。だって、もう夕方ですよ！」

「大丈夫だよ。だから落ち着いて、一花」

乱れていた心の中が、『大丈夫だよ』の一言で鎮まってくる。

リヒトは手近にあったダイニングチェアをサッと引いて、一花を座らせた。自らは冷蔵庫の前に歩み寄り、扉に手をかける。

「よそのお宅の冷蔵庫なのに、勝手に開けちゃっていいんですか、リヒトさん」

「問題ないよ。僕は一応、この家の次男なんだから。……あ、いいものがあった」

散々中をかき回し、リヒトは最終的に冷凍室から何かを取り出した。続けて、シンクの水切り籠の中にあった皿を手に取る。

一花の視界に入っているのはリヒトの背中だけだ。しばらくぼーっとそれを見ていると、やがて目の前に小さな皿が差し出される。

「はい。これを食べて、少し落ち着くといいよ」

手渡されたのは、ガラスの器に盛られたバニラアイスだった。

ただのアイスではない。表面に、たっぷりと七味唐辛子がかけられている。

「リヒトさん、これ……」

七味がかかったこのバニラアイスは、リヒトと初めて会った日に、一花が出したチョイ足しメニューだ。

あの日から、いろいろなことがあった。最初はクッキータイプの栄養食しか口にしていなかったリヒトが、今では肉も魚も食べてくれる。

そして「美味しい」と笑ってくれる。

どんなねぎらいの言葉よりも、一花はリヒトの笑顔が一番嬉しかった。それさえあれば、他には何もいらないと思えるほどに。

「ピリ辛バニラアイス、覚えててくれたんですね……」

器を手にした一花の言葉に、リヒトは顔を綻ばせた。

「忘れるはずないじゃないか。さぁ、早く食べて。溶けるよ」

いただきます、と唱えて、一花は器に添えられていたスプーンを手に取った。たっぷり七味がかかったアイスを少しすくう。そのまま一気に口に入れると、まず感じたのは、ぴりっとした辛さだ。

その刺激を、今度はアイスクリームの甘さが包む。甘いままで終わらず、後味にまた辛さが来る。

ゆっくり噛むと、七味の具材のパリパリとした歯ごたえを楽しめた。普通のバニラアイスでは味わえない、不思議な感覚だ。

一花はガラスの器を空にして、「ごちそうさまでした」と手を合わせた。

リヒトはテーブルを挟んで一花の向かい側に腰を下ろし、「落ち着いたみたいだね」と微笑む。

「じゃあ、状況を整理してみようか。東雲辰之助の寝室の前で僕と別れたあと、一花はどういう行動を取った？　何を見た？　教えて」

「はい」

貴公子探偵に促され、一花は覚えている限り詳細に今日の出来事を話した。

美術室の中を案内してもらったことや、地下で魔法の粉を見たことなどを余すことなく伝える。

特に問題なのは、拓海に言われて応接室に向かったあとだ。

そのとき、一花は屋敷の中で一人だった。基子が言っていたように、美術室に侵入できるだけの余裕が存在する。

「応接室の前まで来たとき、誰かに頭を殴られて……はっっっくしょん！」

ここに来て、また胡蝶蘭のせいでくしゃみが飛び出した。

「一花、ゆっくりでいいから」

「はい……。あの、私、本当に何も覚えていないんです……はっくしょん！　気が付いたらリヒトさんに揺り起こされていました……っくしょん！　鍵がなぜ手の中にあったか、私には全然……はっっっっくしょん!!」

一花はそこで話すのをやめ、顔を覆って俯いた。肩に、背中に、絶望だけが重くのしかかる。

「駄目です、リヒトさん。やっぱり私が責任を取ります」

「どうして？　どうしてそんなことを言うの、一花」

「だって……もう無理です」

リヒトからしたら、くしゃみを連発しながら話す今の一花は、単なる嘘吐きにしか見えないはずだ。

そもそも、一花自身が己の行動を把握しきれていない。頭を殴られたような気がするが、本当はどうだったのか……。

つまり、信じてもらえる要素など、何一つ存在しないのだ。

「リヒトさん。そろそろタイムリミットです。私、乃里江さんのところに行かなきゃ」

一花は椅子から立ち上がり、身を翻してダイニングルームのドアに手をかけた。しかし、背中がふわりと温かくなって、それ以上動けなくなる。

「一花、待って。行かないで」

リヒトに、背後から抱き締められていた。長い腕ががっしりと一花の身体に回っていて、耳に熱い吐息がかかる。

「行かないで。お願いだから」

リヒトは囁くように言うと、腕の中で一花を半回転させた。至近距離で向き合う姿勢になる。

「一花がうちの家政婦をやめるってことは、僕の傍からいなくなるってことだよ。それは嫌だ。僕は、一花が何もしてないと信じてる。隠れている真実を、必ず見つけ出す。だからどこにも行かないでよ。……駄目かな、一花」

「リヒトさん……」

宝石のように美しい双眸は、痛いほどまっすぐで真剣だった。二つの瞳を見つめ返して、一花は絞り出すように言う。

「リヒトさんは、どうして私のことを信じてくれるんですか？　私、今日はくしゃみばかりしてます。嘘を吐いてるかもしれないのに……一体どうして」

リヒトは一花の肩に手を置き、ふっと微笑んだ。

「くしゃみをしてもしなくても一花が嘘を吐いていないことくらい、ずっと見てれば分かるよ。それに、一花のことは何があっても信じるって決めてるんだ。――たとえ、世界じゅうを敵に回してもね」

　ずっと堪えていた涙が、一花の頬をぽろぽろと伝い落ちた。

　リヒトは大人に裏切られ、今でも心に傷を負っているはずなのに……何の躊躇いもなく、一花を信じてくれている。

「一花、大丈夫？」

　溢れる涙を拭いもしないでいると、リヒトに顔を覗き込まれた。一花はこくこく頷いて、ハンカチを取り出そうとポケットに手を入れる。

（あれ、これ何だろう）

　しかし、布地に触れる前に、指先が何か固いものに当たった。小首を傾げつつ引っ張り出してみると、現れたのは一本のボールペンだ。

　拓海から押し付けられた例のもの……と思いきや、一花は「ん？」と目を凝らす。

「あれっ?!　これ、私がもらったボールペンじゃないです！　微妙に違います！」
　二、三度瞬きしてみて、やはり違うと確信した。
　拓海が渡してきたのは黒いボディに白っぽい蛇模様の合皮が巻かれたペンだったが、今手にしているものに巻かれているのは黄色っぽい合皮だ。蛇模様自体も、初めに見たものよりややくっきりしている。

「ちょっと貸して」

リヒトは一花から問題のボールペンを受け取ると、それをあらゆる方向から眺めた。少しして、ある一点に目を留める。

「一花、見て。ボディに小さく文字が彫り込んである」

「あ、本当ですね。アルファベットの『M』でしょうか……」

拓海から渡されたとき、軸にこんな文字は刻まれていなかったはずだ。やはり、これは一花がもらったボールペンではない。

だが、よく似ている。なぜこんなものが手元にあるのか分からなかった。初めに受け取った方……白っぽい合皮が巻かれたペンは、一体どこへ行ったのか。

一花がひたすら困惑していると、リヒトが「あ――」と口を開いた。麗しい顔は次第に引き締まり、ブルーサファイヤの瞳がキラキラと輝き始める。

「見えたよ、一花」

「え、何が見えたんですか？」

「突破口さ」

そう言うと、リヒトは一花の手をぎゅっと握り締めた。

5

リヒトは一花をつれて乃里江のいる応接室へ足を向けた。途中、林蔵と合流して、三人で部屋に入る。

　四十畳ほどの広い応接室にはいくつかのテーブルとソファー、そして凝った彫刻が施されたサイドボードが置かれていた。天井から豪華なシャンデリアが下がっていて、内部を明るく照らしている。

　今日は肌寒く、夕方になってさらに気温が下がったが、サイドボードの近くにある暖炉に火が入れられていてとても暖かい。

　一番奥まったところにある二人がけのソファーに、乃里江が一人でゆったりと座っていた。傍には専属使用人の基子が控えている。

　一花たちのすぐあとに、拓海や執事の亀山もやってきた。日没……つまりタイムリミットが目前なので、事情を窺いに来たのだろう。

　全員が見守る中、乃里江はソファーの上で一度足を組み替え、リヒトを挑発的な目で見つめた。

「心は決まったかしら」

「決まったよ」

　リヒトの方も、負けずに乃里江を見据えた。

「そう。なら聞くわ。リヒトとそこの家政婦——一体どちらが責任を取るの？」

「どちらも責任を取らない。取る必要がない」

　貴公子探偵の答えを聞いて、乃里江は途端に顔を歪めた。

その乃里江が何か言う前に、基子がスッとリヒトの前に歩み出る。

「どちらも責任を取らないとは、どういうことですか。東雲家の家宝を台無しにしておいて、逃げおおせるとでも？」

「どうして責任を取る必要があるの？　茶碗を割ったのは、一花じゃないのに」

「何を言うのです！　犯人はそこの家政婦でしょう」

基子は声を荒らげた。しかし、貴公子探偵は一歩も引かない。

「一花は、応接室の前で誰かに頭を殴られたと言ってたよ。その時点で茶碗はもう割れてたんじゃないかな。つまり、罪をなすりつけるために、誰かが一花を気絶させて部屋に運び込んだんだ」

話題に上げられているのは自分のことだが、一花は口を挟むことができなかった。

何せあのときは気絶していて、状況がさっぱり分からないのだ。ここはもう、貴公子探偵を見守るしかない。

基子は三角の眼鏡をくいっと押し上げた。

「残念ながら、リヒトさまの説明は理屈が通っておりません。なぜなら美術室は施錠されていて、鍵はそこの家政婦が握り締めていたからです。マスターキーは亀山さんの手元から離れておりません。もし仮に、家政婦を気絶させて運び込んだ者がいたのだとしたら、その人物はどうやって美術室から出て施錠したのですか。やはり、犯人は……」

基子の鋭い視線が飛んできて、一花は震え上がった。すぐさま、リヒトが庇うように立ちはだかる。

「一花は犯人じゃない」

「じゃあ、誰だと言うのです？」

「一花を気絶させて美術室に運び込み、施錠して出ていくことができた人物が、この中に一人だけいるんだ」

「な……何ですって？」

ゴクリと息を呑む基子から視線を外し、リヒトは応接室の中にいる者たちをぐるりと見回した。

「美術室で一花が目を覚ましてから何が起きたか、ちょっと思い出してみよう。僕の口から語るより、第三者に説明してもらった方が、主観が入らないからフェアだと思う。……ここは、拓海に任せるよ」

貴公子探偵に名指しされた拓海は「了解した」と頷いて、ゆったりと腕を組んだ。

「リヒトに揺り起こされて目を覚ました一花くんは、自分の手の中に何かがあるのに気付いた。基子女史がそれを取り上げ、美術室の鍵であることを確認し――」

「ストップ、そこまででいい。みんな、今の拓海の話は間違ってないよね」

リヒトは室内にいる者たちに確認を取った。

代表して、ソファーに身体を預けていた乃里江が、怪訝そうな顔で答える。

「特に問題なかったわ。今更おさらいをして、何になるって言うの？」

「気が付かないかな。重要なことに」

「重要なこと？」

パイソン柄の服を纏って小首を傾げたマダムに、貴公子は言い放った。

「実は一花が握っていたのは――美術室の鍵じゃなかったんだよ」

「えぇぇぇっ！　私、違う鍵を持ってたんですか?!」

一花は素っ頓狂な声を上げた。もちろん他のメンバーも驚きの表情を浮かべ、貴公子探偵をポカンと見つめている。

リヒトは言葉を一つ一つ噛み締めるように説明を始めた。

「一花は誰かに気絶させられて、美術室に運び込まれた。そのとき、油滴天目はすでに破損していたんだ。その誰かは美術室の鍵とよく似た『偽の鍵』を一花に握らせてから部屋を出て、本物の美術室の鍵で施錠したんだよ」

「しかし、一花くんが手にしていた鍵は、美術室のドアと合っていたようだが」

拓海がおずおずと口を挟む。

「鍵が合ってるか確かめたのは一花じゃない。別の人だ。その人物こそが、本物の美術室の鍵を隠し持っていたんだよ。その人は一花から偽の鍵を取り上げて、美術室のドアのところに行くまでに本物とすり替え、その本物を鍵穴に差し込んでみせた。だから僕らは『一花が持っていた鍵がドアとぴったり合っていた』と思い込んだんだ」

説明が進むにつれて、室内にいる者たちの視線がある人物に集中した。リヒトも最後に同じところを見つめる。

「一花の手から偽の鍵を取り上げて、本物の鍵とすり替えることができたのは一人だけ。――箕輪基子さん、あなただよ」

基子は「なっ……」と声を詰まらせ、顔をひきつらせた。そのまま足を踏ん張って、ぶるぶると頭《かぶり》を振る。

「何を馬鹿なことを。私を犯人呼ばわりする気ですか！」

「基子さんはわたくしの大切な専属使用人よ。侮辱しないで」

乃里江もソファーの上で肩を怒らせた。庇ってもらえて幾分溜飲が下がったのか、基子は落ち着きを取り戻し、ズレ落ちた眼鏡を直す。

「リヒトさまの言うことは、一応理屈が通っておりますね。しかし、あくまで机上の空論。証拠などありません。私がそこの家政婦を気絶させて美術室に運び込んだ？　それをどうやって証明するのですか！」

勝ち誇ったような声が室内に響き渡る。

しかし、リヒトはふわりと微笑んだ。――天使のような顔で。

「一花。あの趣味の悪いボールペン、ちょっと出してみて」

「あ、はい。どうぞ」

一花は言われるままポケットからペンを取り出し、リヒトに渡した。黒いボディに蛇模様の合皮が巻かれた、例のあれである。

「このペンは、美術室の床に転がってた。一花は、これを自分のものだと思ったんだ。拓海からもらってポケットに入れておいたのが、倒れた拍子に落ちたと考えたんだね」

リヒトの説明を補足するように、一花は「はい、そうです」と頷く。

「でも、実はこれは、一花がもらったペンじゃない。微妙にデザインが違うんだ」

「……ふむ。よく見ると、合皮の色が違うな。私が進呈したものではない」

拓海が眼鏡の縁に指を添えて目を凝らしている。

「どうして私は、違うペンを持っていたんでしょう」

一花は半分頭を抱えながら尋ねた。自分が所持していたボールペンなのに、なぜこんなことになっているのかさっぱり分からない。

リヒトは落ち着き払った顔で指を二本立てた。

「今日、美術室には似たようなデザインのペンが二本落ちてたんだよ。一本は一花が拓海からもらった白い合皮のもの。もう一本が、この黄色い合皮のもの。……そして、黄色い方の持ち主こそが、油滴天目を破壊した犯人さ」

室内の空気がピンと張り詰めている。誰もが、貴公子探偵の説明にじっと聞き入っている状態だった。

「犯人は、油滴天目を割ったとき、自分が持っていた黄色い合皮のペンを落とした。だけど、そのことに気付かないまま現場に工作をした。結果的に、気絶させた一花をペンの上に寝かせてしまったんだ。同時に、一花のポケットから白い合皮のペンが落ちた」

「ああ、分かったぞリヒト。犯人は自らが所持していた黄色い合皮のペンと、一花くんが落としたペンを見間違えたのだな」

「拓海、その通り。早いところ現場から立ち去らなきゃいけないから、少し慌ててたんだろうね。落ちていた一花のペンを見て、犯人はそれが自分のものだと思った。証拠を隠滅するために現場から持ち去ったんだ」

「それで二本のペンが入れ替わっちゃったんですね！」

　一花はポンと一つ手を打った。

　本来なら、犯人が持ち去らなければいけないのは黄色い合皮のペンだった。だがそれは、一花の身体に隠れて見えなかったのだ。

　そこへ来て、たまたま似たデザインのペンが一花のポケットから転がり落ちた。間違えてしまうのも無理はない。

「この黄色い合皮のペンは、拓海が一花にプレゼントしたものとかなり似てる。ということは、多分同じ店……東雲家が懇意にしている文具店で作られた製品なんじゃないかな。そして、よく見るとボディに『M』というアルファベットが彫り込まれてるんだ。東雲家にゆかりがあって、イニシャルがMの人物は――」

「そ、それは私のものではございません！」

　リヒトが名前を言う前に、基子が自分から口を開いた。

「珍しいデザインのペンですが、一応はお店で売っている商品なのですよ。イニシャルが

Mの人物は、使用人の中にも何名かおります。ペン一本で犯人にされるなんて、心外にもほどがあります！」

徹底抗戦の構えである。

鍵の件と、入れ替わっていたペン。貴公子探偵の指摘は鋭いが、これだけでは決定的とは言えない。

リヒトもそのことを重々承知しているのか、趣味の悪い代物を引っ込めた。ここで諦めるのかと思いきや……改めて基子に向き直る。

「基子さん。一つ聞くけど、今日、着替えたりした？」

「着替え？　何を言っているのですか。私はずっと仕事をしておりました。着替える暇などありません」

「よかった。なら、話は簡単だ」

「え……？」

パチパチと瞬きをする基子をよそに、リヒトは己の執事に向かってサッと片手を上げた。

「今、日没を迎えたね。ちょうどいい。――林蔵、部屋の灯りを落として」

「かしこまりました」

林蔵は素早く部屋の隅に駆け寄り、そこにあったスイッチを押した。

豪華なシャンデリアはたちまち明るさを失った。太陽はすでに沈んでいるので、窓からの光も入ってこない。

「あっ……」

一花は思わず声を漏らした。

暗闇の中で、自分の身体が青白く光っている。

地下室で浴びてしまった魔法の粉が、まだ纏わりついているのだ。さらに、目が慣れてくると別の方向にも同じような光があるのに気が付いた。

「リヒトさんも、光ってる」

一花ほどではないが、貴公子の身体もほんのりと光っていた。青白く照らされた顔は、ゾクッとするほど美しい。

「一花は今日、暗闇で光る粉を大量に浴びた。僕にもそれが移ったんだ。僕は一花を美術室で揺り起こしたし、さっき抱き締めたりしたからね」

「む……抱き締めた？」

さらりと飛び出したリヒトの言葉に、拓海が闇の中で疑問の声を上げた。

言われてみれば確かに抱き締められていたのだが、あのときはまるで無自覚だった。改めて少し前のことを思い出し、一花の心臓がドキッと跳ねる。

「光の下では目立たなかったけど、暗くすると誰に粉が付着しているのかはっきり分かる。僕と一花と、そしてもう一人――」

貴公子探偵の長い指が、ある方向を示した。光る粉が纏わりついているせいで、動作が暗闇にくっきりと浮かび上がっている。

「基子さん……」

聞こえてきた亀山の声が、途中でかき消えた。

貴公子探偵が指さした先にいたのは、基子だった。部屋の中は真っ暗なのに、姿がはっきりと分かる。

……その身体が、青白く光っているせいで。

「林蔵、灯りをつけて」

号令一つで、再び室内が明るくなった。リヒトは、立ち尽くしている基子の傍へつかつかと歩み寄る。

「基子さん。あなたは一花を泥棒扱いして、近寄らなかった。一花が握っていた鍵を取り上げるときでさえ、離れた場所から腕を伸ばしてたよね。少なくとも、胴体に触れることはなかったはずだ。なのにどうして、身体に光る粉が纏わりついてるの？」

「……あ、こ、これは」

眉をハの字に下げ、基子は身じろぎした。

「身体があそこまではっきり光ったということは、基子さんは一花と相当接近したということだよ。でも、一花は基子さんに近づいた記憶はない。……そうだよね？」

問いかけられて、一花は夢中で首肯した。リヒトは満足そうな表情を浮かべる。

「つまり、一花が気絶している間に、基子さんが自ら近づいたとしか考えられないんだ。一花の身体を美術室に運び込んだとき、光る粉が移ったんだよね」

拓海は地下室で問題の粉を見せながら、『我が家にはビン一本分だけ保管してある』と言っていた。

その中身のほぼすべてが、一花にぶちまけられている。基子の身体に粉が付着するためには、どうしても一花との接触が必要になる。

『馬の骨』呼ばわりして露骨に避けていた相手に、なぜ粉塗れになるほど触れたのか……。理由はもはや、一つしかない。

「僕の言ったことは間違ってるかな。反論があるなら聞くよ、箕輪基子さん」

「うっ、ううっ……」

貴公子探偵に詰め寄られ、基子はとうとうがくりと肩を落とした。その姿勢でふるふると身体を震わせ、掠れた声を発する。

「油滴天目を割ったのは――この私です」

かなりたどたどしかったが、それは確かに自白だった。

一花はふらっとよろけて、壁にもたれた。これで五億円の負債を背負うことはない。安堵で力が抜けてしまう。

基子はその場に座り込み、頭を床に擦り付けて土下座した。

「申し訳ありません。美術室に保管してある奥さまの絵画を海外のギャラリーに貸し出すことになって、その確認をしているときに手が滑ってしまったのです。慌てていたら、たまたまそこにいる家政婦が通りかかりました」

「だから一花に罪を着せたんだね」

淡々と問うリヒトに、基子は首肯する。

「奥さまはリヒトさまと連れの家政婦を嫌っておいででした。罪を被せるにはぴったりの相手だと思ったのです。……申し訳ありません。大事な家宝を台無しにした責任は、きちんと取ります。この箕輪基子、一生をかけて償いを……」

嗚咽《おえつ》交じりの声は、次第に小さくなっていった。

室内がしーんと静まり返り、パチパチと火が爆ぜる音が響いて、改めて暖炉の存在が強調される。

「あら、やっぱり犯人は基子さんだったのね。こんなに早くバレてしまうなんて、つまらないわ」

静寂を破ったのは、パイソン柄のワンピースを纏ったマダムだった。

「乃里江さま。犯人が誰か、ご存じだったのですか……」

林蔵が半分息を呑みながら言う。

未だに座り込んだままの基子を含めて、他の者たちは呆然と目を見開いていた。そんな中、乃里江はけだるそうに溜息を吐く。

「まだ日が高いうちのことよ。わたくし、基子さんが美術室から走り出てくるのを見てしまったの。そのときは気にも留めなかったけど、すぐあとで茶碗が割れたと大騒ぎになって、犯人は基子さんじゃないかと思ってたのよ」

「見られていただなんて、知りませんでした……」

基子が呟くと、乃里江は「ふふっ」と笑った。

「現場に小細工するなんて、基子さんたら上手くやったわね。いつの間にかそこの家政婦が犯人ということになっていて、とても面白かったわ。リヒトと家政婦が困り果ててるのを見て、心がスカッとしたわよ」

「スカッと……？」

一花はムッと口を尖らせた。しかし、乃里江の話は止まらない。

「わたくしはリヒトたちを困らせたかったの。だから基子さんと一緒になって家政婦を犯人扱いしたのよ。本気で五億円を請求する気はなかったわ。リヒトか家政婦、どちらかが責任を取ると言ってきたら、賠償なんて必要ないって答えるつもりだった」

まるで『ちょっと玩具で遊んでいただけ』と言っているように聞こえる。

さすがに億単位の借金を背負わせる気はなかったらしいが、やってもいないことをやったと言われ、一花は不安で胸が潰れそうだった。到底許せない発言だ。

そんな家政婦の気持ちを知ってか知らずか、乃里江は「はーっ」と肩を竦めた。

「もう少しこの状況を楽しみたかったのに、リヒトが謎を解いちゃうんだもの。本当につまらないわ。……ああ、基子さん。茶碗の件だけど、弁償なんてしなくていいわよ。家宝といっても、所詮は夫の持ち物。わたくしにとってはガラクタだわ」

「ですが、奥さま……」

驚いた顔の専属使用人を制して、乃里江はソファーに身体を深く埋めた。

「愛人の息子を家に入れた夫に、文句は言わせない。そもそも、五億なんてはした金よ。わたくしの実家には、あれの三倍はする茶碗がごろごろしているんだもの。保険にも入っているし、一つや二つ割れても平気……」

そこでリヒトがドン、と足を踏み鳴らした。

「――下らない話はもうたくさんだ。肝心なことを忘れてないかな、乃里江さん」

「はぁ？　肝心なこと？　何よそれ」

「謝罪だよ。乃里江さんは真犯人に目星がついていたのに、僕か一花に責任を取らせようとした。ジョークのつもりだったとしても許せない。今すぐ謝ってくれない？」

「何ですって！　愛人の子に、このわたくしが頭を下げろと言うの？」

いきり立った乃里江に、リヒトは今までで一番冷たい視線を向けた。

「悪いことをしたら謝るのは当たり前だよね。そんなの、愛人の子でも知ってるよ」

乃里江はギリギリと唇を嚙み締めたが、しばらくしてハッとあたりを見回した。

座り込んでいる自らの専属使用人、執事の亀山、息子の拓海。そして林蔵と一花を順に眺め、ぐっと息を吞む。

「この雰囲気は何?!　わたくしは謝らないわよ！」

漂っている微妙な空気を肌で感じ取ったのだろう。乃里江は勢いよく立ち上がった。そのまま暖炉の近くにあるサイドボードに駆け寄り、抽斗の中から何かを取り出す。

「母さん、そのノートは、まさか！」

現れたもの――数冊の古いノートを見て、拓海が叫んだ。乃里江はそれを高々と掲げてニヤリと顔を歪める。

「これはわたくしの夫と、アンナという女が交わしていた交換日記よ。夫の書斎で見つけたの。愛人とやり取りした記録を後生大事に持っているなんて、ひどい話だわ！」

一花はノートから目が離せなかった。

辰之助とアンナが交わしていた日記。それはまさに、リヒトが捜していた、とても大事なものだ。

「わたくし、ちゃんと知っているのよ。……リヒト、あなたはこの交換日記を捜しているのよね。だからわざわざこの家に来たのでしょう？　母親の言葉が書いてあるノートですもの。中身を見たいという気持ちは、わたくしにも痛いほど分かるわ」

乃里江はますます顔を歪めた。

おそらく笑っているのだろうが、その顔はまるで般若のようだ。なんだかひどく嫌な予感がして、一花の背中に冷や汗が伝う。

その瞬間、貴公子探偵が猛然と駆け出した。

だが、僅かに遅かった。リヒトの目の前で、乃里江は持っていたノートを無造作に放り投げたのだ。

炎がメラメラと燃え盛る、暖炉の中へ。

「あっ……」

一花が声を上げたとき、数冊のノートはすでに灰と化していた。

呆然と立ち尽くすリヒトのすぐ傍で、暖炉の火が無情にも音を立てて爆ぜる。

「何ということだ……これは」

誰もが黙りこくる中、あらぬ方向からひどく掠れた声がした。

応接室の入り口に立っているのは、一人の老紳士。

頬がこけていて顔色が冴えず、シルクのパジャマの上に分厚いガウンを羽織っている。片方の手で杖を突き、今にも倒れそうだ。

「た、辰之助さま！」

「父さん」

亀山と拓海が慌てて飛んでいって、ガウンを纏った身体を両脇から支えた。

(この人が、東雲コンツェルンの総帥……)

一花はゴクリと喉を鳴らした。辰之助は執事と息子に身体を支えられ、ゆっくりと暖炉の前まで歩いてくる。

「何よ。わたくしは悪くないわ！」

投げ入れられたノートは、すでに燃え尽きていた。乃里江は現れた夫の方を見ようともせず、ぷいっとそっぽを向く。

「そうだ。乃里江が悪いのではない。すべてはこの私のせいだ」

辰之助は掠れ声で言うと、暖炉の前で硬直しているリヒトを申し訳なさそうな顔で見つめた。

「リヒト。お前にもいろいろ辛い思いをさせた。……こうなる前に、ちゃんと話しておくべきだったのだ。今からでも遅くない。『本当のこと』を伝えておこう」

「本当の、こと？」

リヒトは暖炉から目を離し、辰之助をゆっくりと仰ぎ見た。

父と子の対面を目の当たりにして、一花はただ息を呑むことしかできなかった。

6

謎解きが始まる少し前、拓海が己の父親に、今日起こったことを報告していた。リヒトと乃里江が対峙すると聞き、ベッドの上にいた辰之助は嫌な予感がしたそうだ。

ふらつく身体を杖で支えながらなんとか応接室にやってきたら、例の交換日記が燃え尽きるところだったという。

今、リヒトと辰之助と乃里江、そして拓海は、応接室にあるいくつかのソファーに分かれて座っている。一花と林蔵はリヒトの背後に、亀山は辰之助の横に、基子は乃里江の傍に、それぞれ立っていた。

辰之助は少し思案したあと、おもむろに口を開いた。

「リヒトは、私に卯吉という兄がいたことを知っているな。二十年ほど前、私と兄はともにドイツに滞在していた。兄は私と違って、競争を好まない大人しい人物だった」

辰之助の兄・卯吉は、昔から東雲コンツェルンの経営には興味を示さなかった。そういうことよりも文学や美術を愛し、総帥の座を早々と弟に委ねたそうだ。

とはいえ一応は専務に名を連ねており、ドイツでは辰之助のサポートに徹していた。その合間に美術館などを巡って、知見を広げていたという。

「ベルリンの美術館で、兄の卯吉はとあるドイツ人の女性と知り合った。やがて二人は交際するようになり、コミュニケーションの一環として日記のやり取りを始めた」

「日記のやり取り？　それってまさか……」

そこでリヒトは、ピクリと眉を吊り上げた。

辰之助の顔に、穏やかな笑みが浮かぶ。

「察しがいいのだな、リヒト。そうだ。兄の卯吉と交換日記をしていたのは――リヒトの母親である、アンナさんだ」

「何だって?!　それは一体どういうことなのだ、父さん！」

拓海が驚愕の声を上げた。

一花は混乱していた。どうしてここで卯吉の名前が出てくるのだろう。交換日記をしていたのは、辰之助とアンナではなかったのか……。

辰之助は僅かに目を伏せた。

「兄の卯吉は心優しい反面、やや引っ込み思案だった。特に、女性の前では上手く振舞うことができなかった。そこで、アンナさんの前では偽名を使い、全く別の人物を演じた。別人になりきることで、弱気な部分を振り払いたかったのだろうな。そのとき兄が使ったのが、辰之助という名前だ」

つまり、卯吉は弟の辰之助になりきってアンナと交際していたのだ。

恋人に偽名を使うなんて……と思わなくもないが、一花はその気持ちが少し理解できた。卯吉は、気弱な面を見せてフラれてしまうのが怖かったに違いない。それほどアンナのことが好きだったのだろう。

「二人は日記のやり取りなどを通じて交際を深めた。無論、兄の卯吉はそのうち本名をアンナさんに伝えるつもりだっただろう。プロポーズも考えていたようだ。だが、ドイツ滞在中に病を発症し、日本に帰国することになった。……残念ながら、治療の甲斐なく兄は不帰の旅に出てしまった」

話がそこまで進むと、リヒトが無言で挙手した。辰之助は口を噤み、発言を促す。

「僕の父親は――卯吉さんなんだね」

次に誰かが声を発するまで、しばらく時間がかかった。長い長い静寂を破ったのは、乃里江の悲鳴に似た声だ。

「な、何ですって！」

一花は驚きすぎて言葉が一つも出なかった。拓海はその場で腰を抜かし、林蔵と基子と亀山は口を半開きにして立ち尽くしている。

一番冷静だったのが、リヒトだ。

「卯吉さんは弟の名前を使って母さんと交際してた。だから母さんは『東雲辰之助』という人物と交際していると思い込んでた。母さんの死後も勘違いが訂正されなかったから、ドイツの弁護士が東雲コンツェルンの総帥に、僕の認知を求めたんだよね」

母親を亡くしたリヒトは、ドイツ人の弁護士を通して辰之助とコンタクトを取り、結果として認知されている。

「……どうして僕を認知したの？　あなたは母さんと交際してたわけじゃないし、本当の父親でもないのに」

リヒトから放たれた問いに、乃里江も便乗した。

「そ、そうよ！　今の話が本当なら、あなたはリヒトを認知する必要なんてないわ」

すると、辰之助は大きく溜息を吐いた。

「兄は悪性リンパ腫で倒れて意識を失い、アンナさんに何も告げられないまま日本の病院に搬送された。入院してからもほとんど喋ることができず、結局、交際相手がいたことを誰にも告げぬまま逝った」

卯吉が帰国したのはやむを得ない事情があったからだ。

しかし、リヒトの母・アンナは、交際相手に逃げられたと誤解した。そしてそのまま息子を産み、一人で育てた。

「ドイツの弁護士がリヒトの認知を求めてきたのは、兄の死後、かなり時を経てからだ。寝耳に水だった。私がアンナさんの名前を聞いたのは、そのときが初めてだ。慌てて兄の遺品を調べると、愛読していた本の中に私宛ての手紙が挟まれていた。兄とアンナさんが交わしていたノートも同時に見つけた」

　卯吉は日本の病院に入院して手厚いケアを受けたが、一向に回復しなかった。喉に管を通され、喋ることができなかったという。

　病に苦しみながらも、卯吉の脳裡には常にアンナの姿があった。何も告げられないまま帰国を余儀なくされたことを悔やみ、弟になんとか連絡を取ってもらおうと、手紙を書き残していたのだ。

　しかし病状が突然悪化し、卯吉は手紙のことを辰之助に伝えらないまま死去した。

　遺品の中に紛れてしまったそれが日の目を見たのは、三年前。リヒトの存在が辰之助に知らされたときだ。

「兄の卯吉は、私の名を使って交際していたことを手紙に書き綴っていた。そして、アンナさんとお腹にいる子供のことを案じていた。最後はこう締めくくられていた。――生まれてくる子供に『家族がいる幸せ』を味わってほしい。だが、自分にはもう先がない。すべてを辰之助に託す」

　手紙に記されていたのは、兄の最期の願いだ――辰之助はそう言って、リヒトをじっと見つめた。

「兄の残した子供……リヒトは、母親まで喪った。アンナさんと交際していたのは兄だということを盾に私が認知を拒否すれば、家族が一人もいなくなってしまう。それでは兄の望みを叶えられない。だから私は、リヒトの本当の父親になろうと思ったのだ」

長い話が終わり、誰もが軽く俯いていた。

しばらくして、乃里江が震えながら顔を上げる。

「じゃあ……あなたは、浮気なんてしてなかったということなの？」

「当たり前だ。私は、乃里江以外の女性に興味はない」

「あなた……」

間髪容れずに答えた夫を見て、乃里江はサッと赤面した。しかし、すぐさま泣き顔になり、ぎゅっと目を閉じる。

「わたくし、てっきり愛人がいたと思い込んで……。交換日記なんて燃やしてしまえと思って、とんでもないことを……。ごめんなさい。ごめんなさい、許して！」

「奥さま！」

基子が手を伸ばして乃里江の背中を優しく撫でた。辰之助もよろよろと立ち上がり、妻の隣に腰かける。

「悪いのは乃里江ではない。この私だ。せめて、お前や拓海には本当のことを話しておくべきだった」

「あなたは悪くないわ。わたくしがいけないのよ。リヒトの『リ』の字が出ただけで怒っていたもの。話したくても話せなかったわよね。わたくしが騒いだせいで、リヒトは別の場所で暮らすことになったし……」

乃里江はわんわん泣き始めてしまった。

辰之助は妻を基子に託し、改めてリヒトに向き直る。

「リヒト。何もかも私の独断が招いたことだ。……私は真実をすべて伏せ、本当の父親になろうとした。だが、よく考えればこれはエゴでしかない。お前は父親がいなくても立派にやっていける。私など必要なかったのだ。結局、無駄に家の中を混乱させた。そのせいで、兄とアンナさんが交わしたノートが焼失してしまった。すまない」

「あの、リヒトさんのお母さまは、交換日記にどんなことを書いていたんですか？　レシピ……スープのレシピは、ありませんでしたか?!」

今まで固唾を呑んで成り行きを見守っていた一花は、勢い込んで聞いた。

日記そのものは燃えてしまったが、辰之助が内容を覚えていてくれれば『幻のスープ』が再現できるかもしれない。

だが……。

「残念ながら、私は交換日記の内容をそこまで詳しく把握していない。あれは兄とアンナさんが交わしていたものだ。部外者の私が勝手に読むのは憚られた。いずれは二人の息子であるリヒトに渡すつもりでいたのだが……もっと早くそうするべきだった」

辰之助は、悔やんでも悔やみきれないといった様子で肩を落とした。

「そう、ですか……」

一花もがっくりと項垂れる。

リヒトが探し求めていた母の味。あと少しで辿り着けるかもしれなかったのに、この結果はあまりにも無情だ。

「リヒト」

辰之助に名前を呼ばれ、黙りこくっていたリヒトは、僅かに目を動かした。

「私がお前を認知したのは、兄の最期の望みを叶えるためだ。……だが今は、兄のことは関係なく、本当の父親になりたいと思っている。無論、エゴだということは承知の上だ。それでも、リヒトを家族にしたい」

「どうして、そう思うの？」

囁くように問うリヒトを、辰之助はまっすぐ見つめた。

「一緒にいたいから——家族になるのに、それ以外の理由が必要か。今更こんなことを言われても困るだろうが、傍で見守っていられたらそれでいいのだ。真実はどうあれ、父親と名乗らせてはくれないか」

「リヒト、私も家族に加えてくれ。どうやら本当は従兄弟の間柄になるようだが、そんなのは些細なことだ」

横から拓海も口を挟んだ。乃里江は無言だが、泣くのをやめて姿勢を正す。

「……やれやれ、ちょっと考えが甘いんじゃない？」

少し間を置いて聞こえてきたのは、溜息交じりの声だった。みんなが注目する中、リヒトは肩を竦める。

「本当の家族って、いつも仲よしなわけじゃないよね？　家族だからこそ喧嘩したり、意見をぶつけ合ったりすることもある。僕は今まで爪弾きにされてきたんだ。容赦なく文句を言うよ。時には泣き喚くし、子供みたいに我儘な要求だってするかもしれない」

そこで、青い瞳が微かに潤んだ。

「――それでも、僕のことを家族だと思ってくれる？」

真っ先にリヒトを抱き締めたのは拓海だった。

乃里江に身体を支えられて立ち上がった辰之助が、二人の息子の肩に手を置く。

気が付くと、涙が零れていた。

一花はそれをそっと拭って、たった今生まれた『本当の家族』の光景を、いつまでも目に焼き付けた。

エピローグ　とろーりあったか　幻のスープ

広いリビングから外を見ると、窓越しに桜の花びらが舞っているのが見えた。

四月の上旬。花は盛りを過ぎ、季節は初夏へ向かっている。

そんな気持ちのいい景色をよそに、一花は溜息を吐いた。掃除機のスイッチを切り、そっと振り返ると、ソファーにポツンと座る麗しき姿が目に入る。

（リヒトさん……）

東雲家との間にあったわだかまりはなくなり、家族として迎え入れられたリヒトは、今も松濤の家に住み続けている。

爪弾きにされているのではなく、本当の家族になったからこそ離れて暮らしているのだ。心が繋がっていれば、どこに住んでいようと問題ない。辰之助の体力が回復したら、東雲の本家と行き来する予定である。

家族のことは解決した。なのに、最近リヒトの口数が減ったような気がする。それに、少し元気がない。

二時間ほど前に出した昼食は残さず食べていた。普通に言葉を交わすし、時折微笑んだりもする。

だが、一花には分かる。青い瞳の奥には悲しさが潜んでいた。今も、リヒトは虚空を眺めて黙りこくっている。

交換日記が燃えてしまったことで、リヒトは母親がかつて作った幻のスープに辿り着くことが難しくなった。もはや、手掛かりはゼロに等しい。

これで落ち込むなと言う方が無理である。

何と声をかけたらいいか、一花には分からなかった。林蔵なら元気づけられるのかもしれないが、今日は亡くなった妻の命日ということで、都内某所へ墓参りに行っている。

掃除を終えてなんとなくキッチンスペースに足を踏み入れたが、一花の頭の中はリヒトのことで一杯だった。

リヒトに笑ってほしい。僅かに口の端を持ち上げるような寂しい微笑みではなく、心からの笑顔が見たい。

何か、できることはないだろうか。どうやったら笑ってくれるのだろうか……。

「一花」

「……ひゃあっ！」

突然名前を呼ばれて、一花は妙な声を上げてしまった。気付けばすぐ傍に、リヒトが立っている。

「そんなに驚いて、どうしたの。なんだかぼーっとしてたけど」

一花は「なんでもありません」と答えようとして、やめた。多分、そう口にした途端くしゃみが出る。

リヒトのことは一花にとって「なんでもないこと」ではない。

だから正直に言った。

「何か、私にできることはないかな……って考えてました。リヒトさんが元気になれるようなことを、したいんです」

「僕、そんなに元気がないように見えた？」

「はい。お母さまの交換日記が、燃えてしまったから……」

するとリヒトは僅かに頬を緩め、「やっぱり一花には見抜かれてたか」と呟いた。

「確かに僕は落ち込んでたかもしれない。灰になっていくノートを見たときは、心に穴が開いたような気分だった。……でも、大丈夫だよ。母さんのスープのことは、もう吹っ切ることにしたんだ」

「吹っ切るって、そんなこと、できるんですか」

不安そうに尋ねると、貴公子はふわりと微笑んだ。

「できるよ。僕は気付いたんだ。——一人で生きてるわけじゃないってことに」

「リヒトさん……」

目の前に立っているのは、出会った当初のリヒトではなかった。何もかも信じられなくなっていた寂しい美少年は、もういない。

　今までに起こったことが次々と一花の脳裡に蘇り、じんわりと胸が温かくなる。

「簡単に気持ちを切り替えられないし、時間もかかると思う。だけど、母さんのスープがなくても、きっとなんとかなる。僕の傍には、一花がいるしね」

「え、私ですか？」

「そうだよ。一花が料理を作ってくれれば、僕は大丈夫だから」

　リヒトはふっと息を一つ吐いてから、掛け時計を確認した。さらに、すんなりした手を腹部に添える。

「ねぇ、一花。夕飯までまだ間がある。何か軽いものを作ってくれないかな」

「リヒトさん、お腹が空いたんですか？」

「うん。少し」

　食が細いリヒトが、間食を求めている。

　驚くと同時に、手料理が食べたいと言われて嬉しくなった。家政婦にとって、ここは腕の見せどころだ。

「分かりました！　任せてください！」

　リヒトにはダイニングテーブルについていてもらい、一花は冷蔵庫を開けた。パッと目に飛び込んできたものを見て、瞬時にアイディアが湧いてくる。

（あ、『あれ』が作れそう！）

てきぱきと材料を取り出し、小鍋の中に入れた。それをコンロの火にかけると、数分もしないうちに香ばしさがほんのりとあたりに広がる。

できあがったものを深めの皿に盛り、木の匙を添えてテーブルに持っていった。

「リヒトさん、お待たせしました！」

「……これ、何？　いい匂いがしてたね」

リヒトは皿と一花の顔を交互に見つめた。

「ポタージュです。もちろん、ただのスープじゃないですよ！」

「チョイ足しメニューだね。本当だ。中に何か入ってる」

皿の中をしげしげ眺めたあと、リヒトは木の匙を手に取った。スープをそっとすくって口に運ぶ。

「…………」

反応がなかった。

リヒトの身体は、まるで時が止まったように硬直している。

「えぇっ、ちょっと、リヒトさん?!」

もしかして、ものすごく不味かったのだろうか……そんな不安に駆られながら、一花はリヒトの腕をぐいぐい引っ張った。

「一花、こ……これ！」

二分ほど経過してから、リヒトは息を一気に吐き出した。その顔には、はっきりと驚愕の色が浮かんでいる。

「リヒトさん、どうしたんですか。そんなに驚いて」

「ねぇ一花。このスープ、どうやって作ったの?!　聞かせてよ!」

「え、どうやって……って、メインはただの出来合いのポタージュですよ。紙パックに入って売ってたのを、お鍋に移して温めただけです。ほんのちょっとだけ、別の食材を足してありますけど」

「別の食材って?」

「お豆腐です。温めたスープの中に、絹ごし豆腐を崩して入れました」

特に難しい技術はいらない。豆腐を容器から出して軽く水気を切り、お玉で潰しながら温めたスープに投入するだけだ。

豆腐の量は好みでいいが、一人分ならだいたい一丁の半分くらいが基準である。スープに入れるとき、どのくらい潰すかは気分次第。クリーミーな感じにしたいなら細かく、食感を味わいたいなら粗くする。

紙パックに入った液体状のスープではなく、お湯で溶いて作る粉末タイプのスープを使ってもいい。その際は大きめのマグカップを使って粉末を溶かし、零れないように静かに豆腐を加えてからスプーンで崩す。

今回は絹ごしタイプを投入したが、木綿豆腐でも美味しくいただける。豆腐をチョイ足しするだけで、いつものスープが極上のメニューに変身するのだ。

リヒトは皿の中身をもう一口味わうと、大きく頷いた。

「一花。間違いない。これこそが――僕が探し求めていた味だよ」

「……え？」

「これは、母さんが作ってくれた、あのスープだ」

そこでようやくリヒトの言っていることを理解して、一花は叫び声を上げた。

「えぇぇぇぇぇ――っ！　こ、これが?!」

皿の中にあるのは、手の込んだスペシャルな料理ではない。出来合いのスープに、豆腐を足しただけのチョイ足しメニューだ。

それがまさか、リヒトがずっと探し求めていた『母の味』だなんて……。

「嘘でしょ?!」

一花が目をパチパチさせていると、リヒトはさらにスープを口に運び、表情をきりりと引き締めた。

「嘘じゃない。このまろやかな味と喉越しを、僕ははっきりと覚えてる。間違いなく母さんの味だ。……ねぇ一花。一花は僕の母さんに会ったことがあるの？　このスープの作り方は、どこで知ったのかな」

「リヒトさんのお母さまって、ドイツの方ですよね？　私にそんなワールドワイドな知り合いはいませんよ。この『豆腐ポタージュ』は、私の母が伝授してくれたチョイ足しメニューです」

「一花のお母さんって、確か大学の学生食堂で働いてると言ってたよね。勤続二十五年だっけ？」

「はい。そうです」

「あのさ、一花のお母さんが働いている大学って、もしかして――」

　リヒトはとある大学の名前を口にした。

　一花は猛然と首を縦に振る。

「はい、うちの母はそこで働いてます！」

「やっぱりそうか……。実は、僕の母さんは、交換留学生としてその大学に籍を置いていたことがあるんだ」

「えええっ！」

　口をあんぐり開けた一花の前で、サファイヤの瞳がキラリと光る。

「一花のお母さんが二十五年前からそこで働いているなら、学生だった僕の母さんと顔を合わせていた可能性がある。もしかしたらそのときに、スープのレシピが伝わったのかもしれない！」

「ああっ、それですよ、きっと！」

　一花はパチンと手を打った。

「前から不思議だと思ってたんだ。一花が作る料理は、どんな料亭のメニューよりも僕の口に合う。……その謎が、今ようやく解けたよ。僕の母さんは、きっと一花のお母さんからチョイ足しレシピを教わったんだ。一花と同じようにね。ドイツに帰ってからも、それを参考にして料理を作った。だから一花の料理とテイストが似てたんだ」

一花の母・登美代は、いわゆる『肝っ玉母ちゃん』タイプだ。学生たちに慕われているのか、よく若者とメッセージアプリを使ってやり取りをしている。時には電話で愚痴を聞いてやったりもしているらしい。

そんな登美代なら、国籍が違う交換留学生ともすぐ親しくなるだろう。心まで温かくなるような美味しい食べ物を教えて、と聞かれれば、快く知っているレシピを伝授したに違いない。

そうやって伝わったものの一つが、豆腐ポタージュだったのだ。

リヒトの母・アンナは、ドイツに帰国してから、教わったスープを作って息子に出した。特別な日に味わう、スペシャルメニューとして。

「リヒトさん、よかったですね！　探していた料理が見つかって！」

一花は心から嬉しくなった。

幻のスープが、こんなにも身近にあったとは驚きだ。リヒトは『吹っ切る』と言っていたが、やはり幻のまま終わらなくてよかったと思う。

「ありがとう、一花。ポタージュに豆腐を入れてくれたお陰で――謎が解けたよ！」

ふいにリヒトが立ち上がり、一花のことをぎゅっと抱き締めた。口調が弾んでいて、嬉しい気持ちがひしひしと伝わってくる。

リヒトの腕の中で、一花もしばらくは喜びを分かち合っていた。

だが、己の状態に気付いてハッと我に返った。頬に当たっている胸板が、予想以上にしっかり硬い。

リヒトの肩は一花のそれより随分上にあって、改めて「背が伸びたなぁ」と実感する。

（こ、この状況って）

どう考えてもくっつきすぎだ。自覚した途端に恥ずかしくなってきた。顔がカーッと熱くなる。

このまま沸騰するかと思った矢先、一花の身体に回っていた腕が少しだけ緩んだ。

「ねぇ、一花。もしかして今——かなりドキドキしてる？」

「え、えぇ?!」

リヒトに顔を覗き込まれて、一花は目を白黒させた。

「うーん、かなりの心拍数だね。こうやってくっつくと、一花の鼓動が僕の身体にも伝わってくるよ」

言いながら、リヒトは一度緩めた腕に再び力を込める。

「なっ、や、やめてください！　恥ずかしいです！」

「あ、また鼓動が速くなった。一分間にどれくらい脈を打ってるんだろう。ちょっと数えてみようか。一、二、三……」

「や、やめて～！」

このままでは、最速鼓動記録を更新し続けてしまう。一花は大きく頭《かぶり》を振って、長い腕から抜け出した。

ふぅ、と息を吐いてリヒトを見ると……妙に悪戯っぽい表情を浮かべている。これはあからさまに、一花をからかっている顔だ。

「意地悪しないでください！　もう、リヒトさんなんて嫌い！」

そう言い放った瞬間、鼻がムズムズしてきた。堪えきれない衝動が一花の身体を駆け上がってくる。

「────はっっっっくしょん!!」

飛び出したのは、最大級の一発。自分のくしゃみなのにそれが信じられなくて、一花は呆然とする。

（え、このくしゃみって、何？　どういうこと？）

ここに胡蝶蘭はない。鼻がムズムズし始めたのは、「嫌い！」と言ったあとだ。

ということは、つまり……。

「一花！　僕は一花の気持ちがよく分かったよ。ありがとう」

再びぎゅーっと抱き締められた。いったんは収まっていたのに、また胸がドキドキし始める。

「リヒトさん、離してください！　心臓がもちません！」

「あ、本当だ。また心拍数が上がってる」

「うぅっ……、またそういうこと言う～」

「ごめん。でも、面白いから離さない」

「面白がらないでください。やっぱり、リヒトさんなんて嫌い——はっくしょん！　はっっっくしょん!!」

くしゃみの嵐に襲われる一花を、リヒトがとびきりの笑顔で見つめていた。

晴れやかな表情を祝福するように、窓の外では桜の花びらがひらひらと舞っていた。

本書は書き下ろしです。

貴《き》公《こう》子《し》探《たん》偵《てい》は
チョイ足《た》しグルメをご所《しょ》望《もう》です
幻《まぼろし》のスープの秘《ひ》密《みつ》
相《あい》沢《ざわ》泉《いず》見《み》

2022年8月5日初版発行

発行者……千葉 均
発行所……株式会社ポプラ社
〒102-8519 東京都千代田区麹町4-2-6
フォーマットデザイン 荻窪裕司（design clopper）
組版・校閲 株式会社鷗来堂
印刷・製本 中央精版印刷株式会社

落丁・乱丁本はお取り替えいたします。

電話（0120-666-553）または、ホームページ（www.poplar.co.jp）のお問い合わせ一覧よりご連絡ください。
※電話の受付時間は、月～金曜日、10時～17時です（祝日・休日は除く）。

ポプラ文庫ピュアフル

ホームページ www.poplar.co.jp

N.D.C.913/297p/15cm
ISBN978-4-591-17465-4
P8111338

第10回ポプラ社小説新人賞・奨励賞受賞作！

相沢泉見

『貴公子探偵はチョイ足しグルメをご所望です』

装画：雨宮うり

苦しい家計を助けるため、住み込みの家政婦をしている三田村一花は、松濤の大邸宅に住む金髪の美少年・東雲リヒトの家で働くことになる。リヒトは天才的な頭脳を活かし、お金持ちから持ち込まれる事件を解決していた。母を亡くした過去から食への興味が薄いリヒトに、一花は母仕込みのチョイ足し料理をふるまう。身近なものをチョイ足すことで美味しくなるその料理がヒントとなり、リヒトは厄介な謎を解き明かす――!?

ポプラ文庫ピュアフルの好評既刊

ビンボー家政婦とセレブ美少年探偵の
美味しい謎解き、第二弾！

相沢泉見
『貴公子探偵はチョイ足しグルメをご所望です
魅惑のレシピは事件の香り』

装画：雨宮うり

超ビンボーだけど超ポジティブな家政婦・三田村一花と、その主である金髪のセレブ美少年探偵・東雲リヒトによる、胸きゅんグルメミステリー！

貴公子探偵のもとに、次々に舞い込む新たな難事件。さらにはイケメン弁護士の義兄・拓海が一花に告白したり、リヒトが私立学園に潜入したり、執事・林蔵の秘密が明らかに……？　そして、東雲コンツェルンの後継者問題が勃発し、リヒトと一花の関係に大きな溝が――!?

ポプラ文庫ピュアフルの好評既刊

平安怪異ミステリー、開幕！

峰守ひろかず

『今昔ばけもの奇譚
五代目晴明と五代目頼光、宇治にて怪事変事に挑むこと』

装画：アオジマイコ

時は平安末期。豪傑として知られる源頼光の子孫・源頼政は、関白より宇治の警護を命じられる。宇治では人魚の肉を食べて不老不死になったという橋姫を名乗る女が、人々に説法してお布施を巻き上げていた。なんとかせよと頼まれた頼政だが、橋姫にあっさり言い負かされてしまう。途方にくれているところに出会ったのは、かの安倍晴明の子孫・安倍泰親だった——。

お人よし若武者と論理派少年陰陽師が数々の怪異事件の謎を解き明かす！

舞台にかける夢と友情を描いた、熱い感動の青春演劇バディ・ストーリー！

辻村七子『僕たちの幕が上がる』

装画：TCB

ある事件をきっかけに芝居ができなくなってしまったアクション俳優の二藤勝は、今をときめく天才演出家・鏡谷カイトから新たな劇の主役に抜擢される。勝は俳優生命をかけて、初めての舞台に挑むことに。さまざまな困難を乗り越えて、勝は劇を成功させることができるのか？　鏡谷カイトが勝を選んだ理由とは——？　飄々とした実力派俳優、可愛い子役の少年、不真面目な大御所舞台俳優など、個性的な脇役たちも物語に彩を添える！

15万部突破のヒット作!!
切なくて儚い、『期限付きの恋』。

森田碧
『余命一年と宣告された僕が、余命半年の君と出会った話』

装画：飴村

高1の冬、早坂秋人は心臓病を患い、余命宣告を受ける。絶望の中、秋人は通院先に入院している桜井春奈と出会う。春奈もまた、重い病気で残りわずかの命だった。秋人は自分の病気のことを隠して彼女と話すようになり、死ぬのが怖くないと言う春奈に興味を持つ。自分はまだ恋をしてもいいのだろうか？　自問しながら過ぎる日々に変化が訪れて……。儚い美しさと優しさを感じる、究極の純愛。